ダーリンは愛を知らない堅物社長

水島 忍

Illustration
七里 慧

gabriella plus

ダーリンは愛を知らない堅物社長

contents

gabriella plus

イラスト／七里　慧

ダーリンは愛を知らない堅《かた》物《ぶつ》社長

第一章　お義兄様《にい》との初対面

吉崎愛華《よしざきあいか》は新幹線の車内に入り、窓際の席に座った。

窓の向こうに顔を向けるが、ホームに知った人間がいるわけではない。トートバッグから本を取り出し、読もうとしたものの、頭の中には入ってこなかった。

しばらくして、愛華は再び窓のほうにぼんやりと目を向ける。流れる景色を眺めながら、小さな溜息《ためいき》をつき、セミロングの髪をかき上げた。

なんだか落ち着かない。けれども、それは無理もないことだった。

だって……今まで一度も会ったことのない父親に会いにいくんだから。

二十二歳の愛華には、物心ついたときから母親しかいなかった。だから、なんとなくそれが当たり前のように思ってきたのだ。

もちろん、幼稚園に入った頃から、自分にはどうしてみんなみたいに父親がいないのかと疑問に思ったこともある。しかし、母親に訊《き》いても、いつも上手《うま》くごまかされていた。その話題を母親が避けているのには気がついていたから、愛華はそのうち訊くのをやめてしまった。

うちには最初から父親がいない。それだけのことだ、と。

その代わり祖父母と同居していたから、母が遅くまで働いていても、あまり淋《さび》しくはなかった。だが、愛華が高校生のとき、その祖父母は久しぶりに二人だけで旅行に出かけた先で事故に遭《あ》い、亡くなってしまった。

そして、三ヵ月前――母も亡くなった。

病気で何度も入院や手術をしてからのことなので、母自身も自分がもう長くない予感があったのだろう。亡くなる数日前に、母はようやく父のことを教えてくれた。

名前は杵築友康《きづきともやす》。

たった一枚残っていた写真を渡され、事情を聞いた。

父親は既婚者で、母は身を引いたという。その後に身ごもっていたと判《わか》ったが、父親にはそれを知らせないままだったらしい。

それを聞いて、最初は嫌悪感しかなかった。妻がいながら若い娘に手を出した父親に。

同時に、既婚者と知りながら付き合った母や、子供ができたことを相手に黙っていた事実にも。とはいえ、病でやつれた母にその気持ちをぶつけることなんてできなかった。

母の通夜《つや》と葬儀、それから四十九日《しじゅうくにち》の法要と納骨を済ませた後、愛華はふと父親に会ってみたくなった。

自分にはもう血縁者と呼べるのは、父親しかいないのだ。母方のほうの親戚はいるものの、それほど近い存在ではない。母は一人っ子で、兄弟もいなかったから。

いや、父親には愛華の他にも子供がいるのだろうし、もしかしたら祖父母や近い親戚もいるかもしれないが。

いずれにしても、父と接触を持たないことには、その親戚とも会う機会はない。

だから、思い切って、訪ねてみることにしたのだ。

会ったところで、娘だと認めてもらえるかどうかも判らないけれど……。

愛華はバッグに忍ばせている写真のことに想《おも》いを馳《は》せた。

若かりし頃の母親と、隣で微笑《ほほえ》む中年の父親。彼は今、何歳なのだろう。今も昔の住所に住んでいるのか。

仮に住んでいたとして、いくら今日が日曜でも、家にいるとは限らないのに。

前もって、探偵事務所などに依頼して、調べてもらえばよかっただろうか。だが、調べたら、会おうという気が失《う》せてしまうような気がしたのだ。

父の家庭が幸せそうなら、それを壊す可能性があるようなことをしていいのかどうか迷ってしまう。だから、いっそ知らないほうがいい。我儘《わがまま》かもしれないが、何も知らないままなら、気兼ねせず訪ねてみることができるからだ。

まして、前もって連絡するなどということは考えられなかった。

もし、見つからなかったら……。

どうしよう。

改めて探偵事務所に依頼して、探し出してもらうのが正解だろうか。しかし、まず、それは母が教えてくれた住所へ行ってみてからのことだ。

とにかく、父に一目でもいいから会いたい。会ってみて落胆することも考えられるが、会わずにいるよりいい。

それに……父が亡くなったりしたら、もう二度と会えないのだから。

生きているなら、今のうちに会っておきたいという気持ちもある。

せめて、母が愛華の誕生を父に知らせてくれていたらよかったのに。だが、今更そんなことを言っても、もうどうしようもない。

そう。考えるのはやめよう。

二十二年、いや、二十三年もの昔の、不倫《ふりん》のラブロマンスのことなんて。

愛華は軽く目を閉じ、まだ見ぬ父親との対面を思い描いた。

新幹線は東京《とうきょう》に着いた。

そこから、交通機関を乗り継ぎ、愛華はようやく父の家のある最寄りの駅に着く。

地方に住む愛華も聞いたことがあるくらい、高級住宅地として名高いところだ。父は裕福だったのだと思うと、なんだか気持ちがモヤモヤしてくる。愛華は子供の頃は祖父母と同居していたし、さほど貧しい生活をしていたわけではない。だが、それでも母はずっと遅くまで働き続けていた。だから、そのせいで寿命を縮めたのではないだろうか。

それに、愛華も母には金銭的な苦労をさせたくなかったから、大学へは行かず、美容師の道を選んだ。

もし、自分が父に認知されていたとしたら、今とは違う暮らしをしていたかもしれない。もちろん、お金がすべてではないけれど……。

でも、ひょっとしたら、母は死なずに、今も元気でいてくれたかもしれないのだ。

過ぎたことは取り返しがつかない。

愛華はいつまでも昔のことにこだわるのをやめたかった。とにかく父に会えば、少しはスッキリするだろう。結局のところ、父に会う最大の理由は、心の整理をつけたいというだけのことかもしれなかった。

スマホで地図を確認しながら歩いていくが、やたらと大きな家が建ち並んでいる。その一角に、愛華が捜していた家があった。

ここが……そうなの？

表札は『杵築』とある。愛華の胸は高鳴った。

煉瓦《れんが》造《づく》りのがっしりとした門があり、門扉《もんぴ》はしっかりと閉まっている。愛華はドキドキしながら門についているインターフォンを押した。

少し待ったら、応答があった。

『はい……？』

中年の女性の声だ。父の奥さんだろうか。

愛華はなんと言おうか、迷ってしまった。

「あの……ご主人はご在宅でしょうか？」

そう言った瞬間、やはり前もって電話番号を調べて、かけておけばよかったと思った。自分の立場や訪問目的を説明するのは難しい。これでは、単なるセールスのようだ。

『今は出かけておりますが』

「じゃ、じゃあ、いつ頃、帰っていらっしゃいますか？　あの……セールスとかじゃないんです。友康さんにお目にかかりたくて……大事なお話があるんです！」

セールスではないと強調したかったのだが、余計に怪しい感じになってしまった。これでは、警戒されて、何も答えてもらえないかもしれない。案の定、向こうは戸惑ったようだった。

『失礼ですが、どういったご用件で……？』

まさか、ここでこの家の主人の隠し子だとは言えない。

「……それは友康さんに直接お会いしてからでないと……」

もう帰ったほうがいいかもしれない。やはり電話から入ったほうがいい。ここに住んでいると判ったのだから、それだけでも収穫があったということだ。

「申し訳ありません。出直しますので……」

そのとき、インターフォンの向こうで、男性が何か喋《しゃべ》っているのが聞こえてきた。応対に出ていた女性が慌てて愛華に言う。

『……あ、少々、お待ちくださいませ』

男性との短いやり取りの後、女性の声がインターフォンからはっきりと聞こえてきた。

『よろしかったら、中に入ってお待ちください』

「あ、はい……ありがとうございます」

愛華がそう答えるのと同時に、門扉が開いていく。電動扉で遠隔操作できるのだ。愛華は驚きながら、敷地内へと足を踏み入れた。

あの男性の声は誰なのだろう。もしかしたら、父は本当は家にいたのかもしれない。

でも、どうして出かけているなんて言ったの？

それに、急に愛華を招き入れたのは何故《なぜ》なのだろう。

わたしは母に似ているから、カメラに映っていた顔を見て、何か思い出したとか……？

二十三年も前に別れたきりなのに、そんなことがあるだろうか。愛華は首をひねりつつ、とにかく父と会えることに胸を高鳴らせた。

それにしても、敷地がずいぶん広いみたい……。

玄関に到達するまで少し歩かなくてはならなかった。洋風建築の家は三階建てだが、とにかく大きい。車でそのまま入れるように道が造られていて、ガレージが家の隣にあった。玄関の扉は両開きのものだったが、愛華が近づくと、それが中から開いた。

玄関の扉も自動式なのかと思ったが、そうではなくて、中から一人の女性が出てくる。

エプロンをしていて、飾り気のない服を着ている。この家の女主人といった感じではなかった。

「あの……奥様でしょうか？」

恐る恐る尋ねてみると、彼女はにっこりと笑った。

「私は家政婦です。どうぞこちらへ」

こんな大きな家なら、家政婦がいて当然だろう。インターフォンに出たのも彼女らしく、愛華は少し安心した。

だって、わたしは隠し子なわけだから……。

父に会いたい一心で来たものの、家庭を壊すつもりはなかった。できることなら、父にだけ会って、父の奥さんとは顔を合わせたくない。

もし父がわたしの存在を公《おおやけ》にしたいと思ったなら、そのときに会えばいいことだ。

愛華は家政婦の案内で、応接間に足を踏み入れた。

広い部屋に大きなソファセットが置いてあり、飾り棚には美術品のようなものが並べてある。壁には大きな風景画がかけられているものの、居間ではなく、来客と話をするためだけの部屋のようだった。

「こちらでお座りになってお待ちください」

豪華な内装で、高い天井からはシャンデリアがぶら下がっている。愛華は落ち着かない気持ちになりながらも、とりあえずソファに腰かけた。

もうすぐ父と会える……。

愛華はトートバッグを膝の上に置き、ギュッと抱き締めた。

初対面だから、服装には気をつけてきた。白い薄手《うすで》のニットに膝丈《ひざたけ》のフレアスカート、そして、ジャケットを羽織っている。どこもおかしくはないはずだ。

でも……。

急に、冷たくされたらどうしようと思い始める。一目会うだけでもいいと思っていたはずなのに、いざとなると娘だと信じてもらえなかったらショックを受けそうだ。

そのとき、突然、扉が開いた。

愛華はドキドキしながら、その扉から入ってくる男性に目を向けた。

お父さん……じゃない！

どう見ても、三十代くらいだ。何より二十三年前の写真の顔とはまったく違っていた。

彼は長身で、ラフな格好をしていても均整のとれたスタイルの持ち主だということは判った。まるで雑誌のモデルか何かのように見え、顔も整っている。きりっとした眉に切れ長の涼しげな目元をしていて、鼻筋は通り、やや薄い唇は引き結ばれていた。

ていうか、なんか睨《にら》まれているような気がするんだけど……。

だいたい、彼は誰なの？

鋭い視線でじろじろ見られて、愛華は急に恥ずかしくなり、頬《ほお》を染めた。

「あの……わたしは友康さんに会いにきたんですけど……」

「判っている。君がそう話しているのを聞いた」

ということは、インターフォンから聞こえてきた男性の声は彼のものだったのだ。やはり父は出かけていて、まだ帰ってきてないのだろう。

「友康さんはご在宅ではないのですか？　それなら、お帰りになるまで、ここで待たせていただいても……」

「いや、それは困る」

「えっ……」

愛華は戸惑った。それなら、どうしてわざわざ家の中に招き入れたのだろう。

彼はこちらに近づいてきて、愛華の目の前のソファにどっかりと座った。テーブルを挟んでいるものの、間近でじっと見つめられて、ドキッとする。

見つめるというか、やはり睨まれているのだが。

嫌な態度を取ってはいるものの、彼の顔立ち自体はとても素敵だ。できれば、にっこり笑いかけてくれればいいのにと、愛華は頭の隅《すみ》で考えていた。

彼は愛華を少しの間、見据えた後、口を開いた。

「いくら払えばいいんだ？」

「……は？」

なんの話をしているのだろう。やはりセールスと勘違いされているのかもしれない。

「すみません。わたしは何か売りつけにきたのではなくて……」

「それは判っている。君は杵築友康に会いにきた。しかも、その家に堂々と！　だが、それは許されないことだ。決して会わせるわけにはいかない。もちろん僕の母にも」

愛華ははっとした。

彼の母親というのは、父の妻のことだろうか。だとしたら、彼は愛華の兄に当たる人なのか。半分だけとはいえ、血の繋がりがあるのは、彼の顔に見惚《みと》れた者としてはがっかりしてしまう。いや、別に恋人でもあるまいし、なんの関係もないことなのだが。

それにしても、彼は愛華のことを何者だと思っているのだろう。隠し子だとばれているはずがない。何しろ父自身、愛華のことは何も知らないのだから。

「あなたは友康さんの息子さん？」

彼はピクリと眉を動かした。

「僕のことを知らないのか？　正確には義理の息子だ。孝介《こうすけ》という」

「義理の息子というと……？」

「母が再婚したのが杵築友康というわけだ。養子になっているが」

つまり、わたしとは血が繋《つな》がっているわけではないんだわ。

とはいえ、義理の兄妹ということになるのかもしれない。改めて、愛華は孝介を見つめた。

彼は険《けわ》しい顔でこちらを見つめてきている。

よく判らないが、自分の立場を明確にしたほうが、話が早いかもしれない。

「あのー……わたしは……」

「とにかく金で解決しよう。二度とここへ来てはいけない」

彼は愛華の話を聞く気すらないようだ。

いくらなんでも横暴じゃないかしら。

日頃は温厚な愛華もムッとした。

「わたし、お金なんていりません！」

「いや、受け取ってもらわなくてはならない。ただし、これは手切れ金だ」

手切れ金ですって……？

父は誰かに恐喝でもされているのだろうか。

愛華は戸惑いつつ尋ねてみた。

「わたしのこと、なんだと思ってらっしゃるのですか？　何か勘違いされているのでは？」

「勘違いなどではない。君は父の愛人だろう？」

愛華は思わずポカンと口を開いた。

まさか愛人に間違われるなんて！

いくらなんでも年齢が違うだろう。だが、こんなにも自信ありげに言われるところを見ると、父は元々、浮気癖《ぐせ》がある男なのかもしれない。

そうよね……。既婚者なのに、母と付き合ったんだもの……。

まだ見ぬ父に少しは希望を抱いていた。母と付き合ったときには、妻とは別れるつもりだったが、何か事情があって母と泣く泣く別れたのだとか。そういったラブストーリーを想像していたのだ。

でも、なんか違うみたい……。

父親に浮気癖があり、母が愛人の立場だったなんて信じたくない。詳しい話を聞くより、もう会わずに帰ってしまったほうがいいかもしれない。

愛華はそう思ったが、誤解だけは解いておきたい。義理の兄から父の愛人に勘違いされるなんて、とんでもないことだ。

「わたしは愛人ではありませんから」

だが、彼は薄笑いを浮かべた。

「みんな、そう言うんだ。自分だけは特別だと。だが、父にとっては遊びでしかない。僕は父を尊敬しているが、女癖の悪さにだけは辟易《へきえき》している」

やはり父はそんないい加減な人なんだわ……。

彼が父のどこを尊敬しているのか判らないが、女癖が悪い男など信用するに値しない。今の愛華は嫌悪感でいっぱいになっていた。

彼はショックを受けている愛華を見て、ふと口調を改めた。

「君は父を信じていたのか？　だが、事実なんだ。父がそんな男であっても、母は父の愛人のことなど知りたくないと思う。頼むから、もう帰ってくれないか？　連絡先を教えてくれれば、後で手切れ金のことはきちんとしよう」

「お金なんかが欲しくて、ここに来たんじゃないわ！」

愛華はギュッと目を閉じて、首を横に振った。

「まさか……子供ができたなんて言わないだろうな？」

そっと目を開けると、彼は疑惑の眼差《まなざ》しでこちらを見ていた。こういう場合の子供は日陰《ひかげ》の存在なのだと言われているような気がして、つらくなってくる。

「わたしが、その『子供』なんです……。母が昔、友康さんと付き合っていて……」

「嘘《うそ》だ！」

彼はテーブルをバンと強く叩《たた》くと、立ち上がった。そして、愛華を睨みつけてきた。

「そんなことは嘘だ！　父からそんな子供の話は聞いたことがない！」

「父は……友康さんは知らないはずです。母がずっと黙っていて……。わたしだって、つい最近聞いたばかりなんです」

「嘘をつくんじゃない。調べれば、すぐに判るんだぞ？　ＤＮＡ鑑定というものがあるんだから」

「いっそ、ちゃんと調べてほしいくらいです。わたしだって……自分の父親が、女癖が悪い最低の男だなんて信じたくないわ！」

「最低とまで言う必要はないじゃないか。父は確かに女癖が悪い。けれども、尊敬すべき男だ。少なくとも僕にとっては」

「あなたは尊敬でもなんでもすればいいじゃないの！　わたしは……わたしは……ただ父に一目会いたかっただけです。でも、父が単なる遊びで母に近づいたのなら、そんな人とはもう会いたくないわ！」

　愛華もバッグを持って立ち上がり、部屋のドアに近づいた。だが、後ろから腕を乱暴に掴《つか》まれる。

「言いたいことだけ言って、逃げるんじゃない！」

「元々、あなたはわたしを追い出そうとしていたじゃないの！　もう帰るんだから……邪魔しないで！」

「爆弾を落としておいて、それはないだろう？　もし君が父の娘だというなら、きちんと鑑定をして……」

「だから、もういいって言ってるの！」

愛華はここに来たことを後悔していた。

父に一目会いたいと思っていた。父に会えば、娘だと判ってもらえるかもしれないと期待していた。母を亡くして一人きりになってしまったから、誰か頼れる人がいてほしかったのだ。

金銭的ではなく、精神的に。

しかし、父が単に母を遊び相手の一人としか見ていなかったとしたら……。

わたしはそんな人をお父さんとは認めたくない！

「とにかく連絡先を……。そうだ、君の名前もまだ聞いていなかった！」

彼は最初から愛華のことを父の愛人だと決めつけていて、名前も聞かずに、金がいくら欲しいかなどと口にしていたのだ。

彼も父と同類みたいなものよ！

「いいんですったら！　手を放して！」

「いや、放すわけにいかない。まずは落ち着いて……」

そんな言い合いをしていたときに、突然ドアが開いた。

「騒がしいな。一体、どうしたんだ？」

そこには、初老の男性が立っていた。髪はロマンスグレーといった感じで、格好はラフではあるものの、上品に見えて、紳士のようにも思えた。

もしかして……お父さん？

愛華は声も出さずにじっと男を見つめてしまった。

自分と似たところがあるのかどうかを確かめてみたかった。それに、母を遊びの相手にして捨てたような非道な男かどうかも。

孝介は咳払《せきばら》いをして、愛華から手を離した。

「お父さん、実は……」

「孝介、めずらしいな。おまえが女性を家に連れてくるなんて」

今度は、父に孝介の恋人だと思われている。一目見て娘だと判るはずはないのだが、赤の他人にしか見えないのだと思うと、ガッカリした。

「いいえ、違います。お父さん、彼女はあなたの娘だと言い張っています」

父はギョッとした顔で、愛華のほうに視線を向けた。

「君が私の娘だって？　まさか……」

そんな反応をされるのは判っていた。何度もそんな想像をしていたのに、実際に想像どおりの反応をされると、愛華は落ち込んでしまう。

「わたしは吉崎愛華です。母は吉崎京香《きょうか》といいます」

父の眉がひそめられるのを愛華は見た。

「京香……。京香ちゃんか！　ずいぶん昔に……」

父は覚えていてくれた。もしかしたら、覚えていないのではないかと危惧していたが、それだけでも少し救われた気分だ。

「二十三年前だと思います。わたしは二十二歳です。父親はいないものとずっと思ってきましたが、三ヵ月前に初めて父が誰なのか聞きました」

愛華はバッグから手帳に挟んでいた写真を撮り出し、父に差し出した。父はそれを受け取り、懐かしそうに目を細める。

「確かに京香ちゃんだ。彼女は……突然、別れを告げて……」

「わたしがお腹《なか》にできたからじゃないかと思います。母は……あなたが既婚者だから、家庭を壊すような真似《まね》はできなかったと言っていました」

「そうなのか……。言ってくれればよかったのに。私だって娘が欲しかったから」

父は改めて愛華を見つめ、笑顔を見せた。

しかし、愛華は笑顔を返せなかった。彼には娘がいないらしいが、もしいたら、娘が欲しかったと同じように言ってくれただろうかと思ったからだ。

女癖の悪い男なんて信用できない。たとえ生物学上の父親であっても。

そんなことを思う反面、やはり父に娘と認めてもらえると嬉《うれ》しかった。

突然、孝介が二人の間に割って入ってきた。

「ちょっと待ってください。まずはDNAで親子鑑定をしなくては。それで認められれば、晴れて君はこの杵築家の一員ということになる」

「わたし、杵築家の一員になんてなれなくていいんです。でも、鑑定は受けます。そのほうがはっきりするし」

母が嘘をついたとは思わないが、事実を確認したい。それにはDNA鑑定が一番だろう。

父は愛華の手を取り、目を合わせてくる。

「私は君の言うことを信じているよ。嘘はついていない目だ」

「ありがとうございます……」

一瞬、熱い想いが込み上げてきたが、父の女癖が悪いことを思い出す。結局、彼はこういうやり方で、女性を愛人にしてきたのかもしれない。

手を取り、目を見つめてきて、信じていると囁《ささや》く。

そんな手に乗るなんて、わたしも馬鹿よね。

そう思いつつ、父の善意を信じたくなってくる。馬鹿でもいいから、優しい言葉をかけてくれる人を信じたいと思ってしまうのだ。

愛華が手を動かすと、父は放してくれてほっとする。

「ところで、京香ちゃんは今、何をしているんだろう？　元気でやっているのかい？」

愛華は途端に顔を曇らせた。

「母は三ヵ月前に病気で亡くなりました。亡くなる少し前に、あなたのことを教えてくれたんです」

「そうか……。まさか、そんなに早く亡くなるなんて。京香ちゃんは結婚しなかったのかい？」

「はい。ずっと一人でした」

思わず祖父母も亡くなって、ほぼ一人きりなのだと訴えそうになったが、それはやめることにした。

だって、それじゃあまりにも物欲しげに聞こえそうだから。

父は裕福だ。だからといって、自分は何か援助が欲しいわけではない。ただ、父となんらかの繋がりを持っておきたかっただけだ。

だから……もうこれでいいじゃないの。

父が女たらしであって、性格に難があったとしても、悪い人ではなさそうだった。優しい人にすら見える。本当にそうなのかは判らないが、もうどうでもいいような気がしていた。

一目会いたいという目的は果たしたのだ。

「そうか。じゃあ、兄弟もいないのか」

父は孝介のほうを見て、にっこりと笑う。

「孝介は養子だが、一応、君の兄ということになるな」

それを聞いた孝介は眉をひそめた。

「まだ判りませんよ。まずは鑑定が先だと思います。すべてきちんとしてから、正式に認知するなりなんなりすればいい」

「孝介は疑《うたぐ》り深《ぶか》いな」

「大切なことですから。はっきりするまで、母にはまだ言わないでもらいたいんですが」

彼は自分の母のことを思いやる気持ちがあるのだ。だからこそ、愛人を手切れ金で追い払おうとしたり、愛華が娘だということも疑うのだろう。

彼は彼なりに優しさを持った人なのかしら。

だからといって、自分が受けた侮辱の数々を帳消しにはできなかったが。

孝介は愛華のほうに視線を向けてきた。目が合い、一瞬ドキッとする。

「君もそれでいいね？」

つまりDNA鑑定のことだろうか。認知されるかどうかは、愛華にとっては大きな問題ではなかった。

「はい。もちろん」

ただ、杵築友康が自分の父親かどうかを確認するだけだ。

母が死ぬ間際に嘘をつくとは思えないから、真実なのは間違いないだろう。改めて父を見るが、自分に似たところは見つけられなかった。それでも、父は愛華が娘だと信じているようで、にこにこしていて機嫌がいいようだった。

「では、連絡先を教えてくれ」

愛華は孝介に頷《うなず》き、彼に連絡先を教えた。スマホの番号だけでいいのかと思ったが、彼は住所まで訊いてくる。

「遠いな。今日はホテルに泊まるのか？」

「いえ、もう帰ります。明日は仕事がありますから」

最初から、会えるまで粘《ねば》る気持ちはなく、会えなかったら別の手を考えるつもりだった。結局のところ、父に会いたいと思いつつ、やはり愛華の心にはわだかまりがあったのだ。

父が既婚者だったことに対して。

愛華はちらりと孝介の顔を見た。父が彼の母親と再婚したのはいつ頃のことなのだろうか。

もし母が身を引かなかったら、父が母と再婚した可能性はあったのかもしれない。

もう過ぎたことをあれこれ言っても始まらないけれど。

「仕事は何をしているんだ？」

「美容師です」

「なるほど」

何がなるほどなのだろう。意味が判らなかった。だが、愛華にはどうでもいいことだ。

「それじゃ、わたしはそろそろお暇《いとま》します」

もう話すことがないと思って、そう言ったところ、父が再び愛華の手を取り、両手でしっかりと包んできた。

「愛華と呼んでいいかな？」

「あの……」

「それは鑑定が済んでからにしてもらいますよ」

孝介が割って入ってきて、父の手を愛華から離した。なんとなくほっとする。父は悪い人ではないかもしれないが、やはり手を握られると困ってしまう。

いずれにしても、住んでいる場所も遠いし、たとえ父娘だと認められても、それほど頻繁に会うことはないだろう。

そして、もちろん孝介とも……。

孝介とふと目が合う。だが、彼は視線を逸《そ》らしてしまった。

愛華は何故だか物足りなさを感じて、そんな自分に戸惑いを覚えた。

彼は気難しそうな義理の兄。

それだけの存在なのに。


孝介は愛華が帰った後に、書斎にこもり、弁護士に電話で相談した。母は出かけているが、このことをまだ母には聞かれたくないからだ。

そして、パソコンを立ち上げ、改めてＤＮＡ鑑定に関してインターネットで調べてみる。

難しいことではないし、それほど日数もかからない。鑑定してもらえれば、確かなことが判り、それによって、いろんな処理をしなくてはならないだろう。

吉崎愛華……。

一目見て、好感の持てる容姿だと感じた。

清楚《せいそ》な感じというのか、何よりセミロングの髪がとても艶《つや》やかでドキッとしたのだ。おとなしそうに見えたものの、なかなかはっきりとものを言う。父との関わりがなかったとしたら、ひょっとしたら彼女の手を握っていたのは自分のほうだったかもしれない。

そう思って、一人で苦笑する。

いや、それはないか。自分は父とは違う。あれほど簡単に女性の手を握ったり、目を見つめたりはできない。奥手というわけではないが、愛を囁くような真似をしたことは一度だってなかった。

だから、今まで交際してきた女性には、よく冷たいと言われたのだろう。何を考えているのか判らないとまで言われたことがある。

それにしても、父は何かというと、女性の手を握って、口説《くど》き始める。まさか娘の手を握って、同じことをするとは思わなかったが。

なんにしても、彼女が父の愛人でなかったことにはほっとした。

だからといって、父の本当の娘なら、それはそれで近づいてはならない存在となってしまう。

いっそ、鑑定で父子関係が否定されればいいのに。

だが、母はずっと一人だったと言った彼女の美しい瞳には陰りがあった。彼女は父親がいないことで、淋しい思いをしてきたに違いない。父子関係が確定されれば、彼女はきっと喜ぶことだろう。

そう思うと、軽々しく父子関係が否定されればいいと思うのは間違いだ。

孝介は思わず溜息をついた。

いつもの自分なら、こういったことも冷静に物事を考えられるのに。情に流されるなんて自分らしくもない。

愛人に手切れ金を渡すほうがずっと簡単だ。母のことを考えれば、非情になって当たり前だからだ。このことも、同じように処理できたらいいのだが、やはりそうもいかないだろう。

愛華が父の本当の娘だと判れば……。

すべてが変わる。

それは確かだった。


愛華はその日のうちに家に戻った。

翌日になって、杵築家の弁護士から電話があり、DNA鑑定について説明を受けた。こんなことにも弁護士が出てくるのかと驚いたが、あれほど裕福なら無理もない。

そのまた翌日、鑑定のスタッフと弁護士がわざわざ愛華の住む田舎《いなか》町にまでやってきて、DNA鑑定のための検体を採取された。そして、その三日後に弁護士から電話がかかってきて、父子関係が確認されたと連絡があった。

認知に関してはまた連絡をすると言われたが、愛華は杵築友康が父親だとちゃんと判ったことが嬉しかった。

だって、ずっとわたしには父がいなかったから……。

認知はおまけだし、結局、自分は自分でしかない。生活は今までと同じだし、何も変わらなかった。

弁護士に聞いたのだが、父は杵築建設という会社の会長なのだそうだ。養子である孝介は社長を務めているという。

社長……あの若さで！

少し驚いたものの、孝介は父よりずっと厳しそうなので、あの調子で会社をきっちりとまとめ上げているのかもしれなかった。

父には孝介しか息子がおらず、娘はいないようだ。つまり父が、娘が欲しかったと言ったのは本音だったのかもしれない。

でも、この結果を孝介はどう受け止めているのだろうか。

金目当てのように見られたくはない。実際、愛華は援助など必要ないと思っている。ただ、父の心の片隅に自分という存在を置いてもらえたら嬉しいだけだ。

血の繋がりだけが重要だとは思わない。

だけど……親戚もいない愛華にはその繋がりがどうしても必要だったのだ。

ともあれ、父娘だと遺伝子レベルで証明されたことはよかったと思う。認知の件は、それこそ弁護士に任せておけばいい。愛華から急《せ》かすことは何もなかった。

ただ、わたしは自分の生活を続けられればいいだけで……。

愛華が勤める美容院はそこそこの人気店だから、日々、忙しいのだ。しばらくは何も考えることなく、仕事に専念した。

そして、父子鑑定の結果が出てから十日後のこと。

その日、愛華は仕事が休みで、朝から洗濯をしたり掃除をしたりと、溜《た》まった家事を片付けていた。

愛華が住んでいたのは、元々は祖父母の家で、かなり古い家屋《かおく》だ。二階建ての家に一人で住むのは淋しく、いっそペットでも飼おうかと思ったこともある。だが、仕事で遅くなる日もあるので、飼われるペットのほうが可哀想《かわいそう》な気もしたから、今は我慢している。

いつか飼える環境になればいいけれど、そんな日は来るのだろうか。

たとえば、結婚して、子供ができるとか？

庭で洗濯物を干していた愛華はそんな自分を想像してみて、顔をしかめた。結婚する相手もいないのに、子供のいる家庭を想像するのは、かなり難しい。

せめて、誰か好きな人でもいれば別だけど。

ふと、愛華の脳裏に浮かんだ顔は、孝介のものだった。そして、慌ててそれを打ち消す。

「バッカみたい……！」

思わず独り言をつぶやいてしまった。

孝介は義兄だ。しかも、顔がいいだけで、性格は悪いように思える。だいたい、会った途端、父親の愛人と間違えて手切れ金を払うなどと言い出すような男なのだ。

「あんな人を好きになんかならないわ！」

ようやく洗濯物を干し終えて、ほっと息をつく。

今日は天気がよくて、気持ちがいい。愛華は大きく伸びをして、息を吸った。

家の中に戻ろうとしたところで、玄関の前に車が停《と》まった。タクシーだ。誰かうちを訪ねてきたのだろうか。

愛華は庭のほうから玄関へと回っていって、タクシーから降りた男を見た。

やだ……！

それは、今しがた思い出していた孝介だった。

あんな人を好きになんかならない。そう思ったばかりだが、彼の容姿が素敵なのは間違いない。顔だけでなく、やはり長身でスタイルがいい。綿シャツにジャケットを羽織っているだけで、下はジーンズだが、やはり男性モデルみたいに見える。

彼は愛華に気がついたが、表情は変えずに会釈《えしゃく》だけした。だから、愛華も真似して会釈をする。

「ここで君は育ったのか？」

「祖父母の家だったんです。今はわたし一人しかいませんけど」

「……君に用事があるんだ。中に入れてくれないか？」

彼を家にいれたら、二人きりになる。いや、だからといって、何か起こるわけはないのだから、警戒しなくてもいいだろう。

一応は義兄なのだから。

「裏から回って玄関を開けますから」

愛華は庭へと戻り、縁側から家に上がって、玄関のほうへと回った。この向こうに孝介がいる。愛華はすーっと息を吸って吐いてから、扉を開けた。

目の前に孝介の姿がある。

なんだか少し照れながら、彼を迎え入れた。

「どうぞ上がってください」

「ありがとう」

彼がお礼を言うとは思わなくて、ちょっと驚いた。愛華の彼に対するイメージは、最初に会ったときの嫌な印象が残っていたからだ。

だって、いくら払えばいいんだっていきなり言われたんだもの。

わたしが彼に対して悪いイメージを持っていたとしても、不思議じゃないわ。

「君のお母さんにお線香を上げさせてくれ」

「えっ……はい、母も喜びます」

そう言ったものの、母が本当に喜ぶかどうかは謎だった。

彼は母を弄《もてあそ》んだ男の養子なのだから。

もっとも、母が父を恨んでいたのかどうかははっきりしない。父の話を聞いたとき、愛華は母が不倫をしていたのだということにショックを受けてしまって、母の気持ちまで思いやることができなかったからだ。

もっとちゃんと母の話を聞けばよかった。今になって後悔しているが、もうそれは取り返しのつかないことだ。

愛華は孝介を仏壇のある和室に通した。掃除をしたばかりで、窓を開け放っているため、爽やかな風が吹いている。

彼は仏壇に線香を上げて、静かに手を合わせた。

もし母がどこかで見ているとしたら、驚くかもしれない。若い男性が家に来るとしたら、愛華の恋人だと思っていたのに、そんな雰囲気もまったくないから。

愛華は彼をリビングのほうへと案内して、コーヒーを淹《い》れた。L字の形に置かれたソファにそれぞれ座り、愛華は彼のほうをちらりと見た。

「それで……どうしてわざわざここにいらしたんですか？」

「君のことを家族で話し合ったんだ」

愛華は膝に置いた手をピクリと動かす。

「お母様に話したんですね？」

「話さないわけにはいかない。新たに父の娘が見つかったんだから」

彼の母親はどんな反応をしたのだろう。悲しんだだろうか。それとも、ヒステリックに喚《わめ》いたか。もしかしたら、夫の浮気に慣れていて、溜息をついただけだったかもしれない。

「ごめんなさい……」

「どうして謝るんだ？」

「わたしは父の家庭を壊す気はなかったんです。ただ父に会いたかった。父に娘だと認めてもらえたら、それでよかったのに……」

孝介は判らないというふうに首を横に振った。

「父は確かに女癖が悪いが、卑怯《ひきょう》な男ではない。親子関係が判った以上、認知をする。というより、正式に君を娘として迎えることにしたんだ」

えっ……ちょっと待って。

愛華は一瞬、何を言われているのか理解できなかった。

「あの……わたしはそういうことを望んでいるのではないんですけど」

「いや、君はそうでも、君のお母さんは望んでいたんじゃないかな」

孝介にまっすぐ見つめられて、愛華は言葉を失った。

「母は別にそんなことは言ってなかったし……」

「でも、父のことを話しておかなくてはならないと思った。お母さんは父の立場を考えて、身を引いたらしいが、君から父親を奪ったことを後悔していたんじゃないだろうか。だから、亡くなる前に君に教えて、それから先のことは君に委《ゆだ》ねた。でも、お母さんはきっと君がこの家で一人で暮らすことを望んでいたわけではないと思うんだ」

彼に母の気持ちを代弁してもらう必要はない。そう思ったものの、確かに母は最期《さいご》のときまで、愛華のこれからのことを心配していた。

病院のベッドに横たわる母の顔を思い出して、愛華は涙ぐんだ。彼はそれに気づき、急いで立ち上がると、愛華の隣に座った。

「すまない。君を泣かせるつもりでは……」

慌てたようにポケットをあちこち探って、ハンカチを取り出し、差し出してくる。

なんだ。意外と優しいところもあるじゃないの……。

最初はとんでもない嫌味《いやみ》な男だと思ったのに、そうではないと判り、余計にほろりとしてしまう。

「ごめんなさい。……わたし、優しくされると、つい……」

愛華はハンカチを受け取り、涙を拭いた。

「ほら、君はやっぱり淋しいんだろう？　無理もない。ここは君一人で住むには広すぎる家だよ」

また優しいことを言うから、余計に涙が止まらなくなる。彼は愛華の背中に手を回して、ゆっくりと擦ってくれた。

やがて落ち着いてきたものの、今度は彼の手が自分に触れていることを意識してしまった。

馬鹿みたい……。彼はただわたしを慰《なぐさ》めてくれているだけじゃないの。

しかも、彼は義兄だ。彼のほうも新しい妹みたいにしか感じてないはずだ。だが、彼のほうからコロンの香りが漂ってきて、なんだか頭の中がぼうっとなってくる。

「あの……ありがとう。慰めてくれて」

「いや、僕も無神経なことを言ってしまったかもしれない。だけど、年頃の女の子が一軒家で一人暮らしをしているなんて、僕も心配だ。いや、もちろん僕だけじゃなく、父もひどく心配している」

「父は……わたしのことをどう思っているんですか？　娘だといっても、お互い面識がないも同然なんだし、急に自分の子供だとは思えないんじゃないかと」

「父は前から娘が欲しかったんだ。それに……本当の子供が」

そういえば彼は、父の新しい妻の子供で、養子なのだった。思わず彼の顔にちらりと目を向けたが、あまりにも近くに見えて、ドキッとして視線を戻す。

彼のほうは急に本当の子供が現れて、傷ついていないだろうか。

それとも、もういい年齢の大人なのだから、そんなことで傷ついたりしないのかもしれない。

愛華は彼のような大人の男性とあまり親しく話したこともないので、よく判らなかった。

「父は君と暮らしたいと言っている」

「えっ……！」

正式に娘として迎えるとは、あの家に迎えるという意味だったのだ。だから、この家で一人で暮らしていることについて、いろいろ言われていたのか。

愛華は今更ながらそれに気がついた。

「わたし、こちらで仕事をしているから、東京へ行くのは無理です」

「無理ではないだろう。東京にも美容院はたくさんある。それに、別に働かなくてもいい。父はとにかく君を甘やかしたくて仕方ないんだ。二十二年間、君を一人にしておいたんだから、そのことで自責の念があるんだろう」

「だから、わたしはそこまで求めてないんですけど……」

父は今まで愛華の存在を知らなかったのだし、赤の他人同然だ。親子だとＤＮＡで証明されたとしても、急にそんなふうに思えるものだろうか。

愛華は初めて父と会ったときのことを思い出してみた。

初対面で、父はわたしの手を取って、目を見つめてきたっけ……。

馴《な》れ馴《な》れしいと言ってもいいくらいだった。ああいう性格なら、いきなり娘が出てきたとしても動じないのかもしれない。

「えっと、お母様のお気持ちもあるじゃないですか。いきなり赤の他人がやってきて、娘面《むすめづら》するなんてきっと耐えられないと思うんですよ」

「いや、母は君を歓迎するよ」

「本当ですか？」

愛華の頭の中では、彼の母親は耐え忍ぶ妻というイメージだったから、父が自分を娘として迎えるなら、泣く泣く我慢して受け入れるのではないかと思った。

「母も娘が欲しかったからだ。僕も意外だったが、喜んで君の部屋を用意しているよ」

「えっ……そこまで？」

「ああ」

孝介は深く頷いた。

「それに、君が生まれたのは、僕の母が父と再婚する前のことだ。さすがに母と婚姻中の浮気なら、複雑な気持ちになるだろうが、そうではないのなら気にしないようだ」

浮気……と言われると、少し傷つく。

実際、父にとっては浮気のひとつだったのだろうが、自分が浮気で生まれた子供だと思うのは、あまり嬉しくはない。

「でも、やっぱり、押しかけるようで図々しいような気がするし……」

「父には親戚がたくさんいるんだ。お祖父《じい》さんやお祖母《ばあ》さんに会ってみたくないか？　叔父《おじ》さんやら叔母《おば》さんやら、それから従兄弟《いとこ》達もいる。しばらくの間でもいいから、彼らと交流を持ってみたらどうだろう？」

「お、お祖父さんとかお祖母さんとか……いるの？」

愛華の脳裏に亡くなった祖父母の顔が浮かんだ。もちろん別の祖父母のことを言っているのは判っているが、いつでも自分に優しくしてくれたのが『祖父母』という存在だった。

会えるものなら会いたい。交流を持てるようなら持ちたい。

今までと同じようにここにいたら、いつまでも一人きりのままだ。愛華は家族や親戚が欲しくてたまらなかった。

あの家に行けば、欲しいものが手に入る……。

そう思うと、急に行きたい気持ちになってくる。

「もちろん元気でいるよ。だから、父の言うとおり、あの家に住んでみてくれないか。どうしてもうちの家族と合わないなら、君のためにマンションを買うとまで父は言っているから、なんの心配もない」

もちろん、マンションなんて買ってもらうつもりはない。あの家で暮らしてみて、合わないなら、またここに帰ってくるまでだ。

そうよ。それがいいわ！

少しの間、試しに住んでみるだけ。東京暮らしが気に入れば、そのままいればいいし、嫌になったら帰ってくればいい。

最初から父の家族と同居と考えると躊躇《ちゅうちょ》してしまうが、お試しだと思えば気が楽になる。

「判りました。完全に引っ越すのは決心がつかないけど、とりあえずしばらくの間、お世話になります」

愛華がそう言うと、孝介は明らかにほっとしたようだった。

「よかった。両親が喜ぶよ。二人ともすぐにでもここに来たがったが、まずは僕が話をするからと押《お》し留《とど》めたんだ。両親がこの家に足を踏み入れることを、君がどう思うか判らなかったから」

父と母の関係を考えると、確かにそうかもしれない。父が一方的に騙《だま》したのではないだろうが、母は別れるときに傷ついたに違いない。祖父母もきっと父のことをよくは思っていなかったはずだ。

「お気遣いありがとうございます」

頭を下げると、彼はクスッと笑った。

「そんなに他人行儀になることはない。これからは兄妹《きょうだい》なんだ」

顔を上げると、彼は優しげな眼差しでこちらを見ていた。

兄妹……。

ううん。そんなふうには思えない。

そう思うには、愛華は彼を男性として意識していた。だが、彼のほうはどうだろう。

目が合うと、何故だか不思議な引力を感じて、ドキッとする。二人はそのまま黙って見つめ合った。

まるで時間が止まったみたいに。

愛華は彼の瞳から目を離せない。

突然、彼ははっとしたように愛華の傍《そば》から離れ、最初に座っていた位置に戻った。そして、急に真面目な顔になる。

「じゃあ、向こうに移る日程を決めようか」

「あの……はい。そうですね」

愛華はうつむき、ぎこちなく笑みを浮かべた。

第二章　初めての豪邸生活

愛華は美容院を辞め、父の家へと移った。

とはいえ、一時的にそうするだけで、ずっと父の世話になるつもりはなかった。東京が気に入ってそのまま住むかもしれないし、もしかしたら故郷に戻りたくなるかもしれない。

家はそのまま残し、近所に住む友人に鍵を渡して、時々、窓を開けて空気を通してもらうように頼んでいる。そうしないと家が湿気で傷んでしまうからだ。

仏壇は小さなものを買い、位牌《いはい》だけを持っていく。

祖父母と母の位牌だ。それを父の家族のいる家に持っていくのはなんだか躊躇《ためら》われたが、まさか放置していくわけにもいかない。

家具などは向こうで用意してくれるというので、愛華はとりあえず身の回りのものだけを荷作りして、宅配で送った。

そして、日曜日に愛華は再び新幹線に乗り、上京したのだった。

前の上京と違うところは、孝介がわざわざ迎えにきてくれたことだ。改札口を通り抜けると、彼が待っていた。

「やっと来たね」

彼はそう言うと、白い歯を見せて少し笑いかけた。

相変わらず外見は素敵な人……。

ドキドキするが、愛華はそれを抑えて笑みを返した。なんといっても、彼は義兄なのだ。父の家を出たところで、付き合いは続く。変な素振りを見せて、軽蔑《けいべつ》されたくなかった。

それにしても、愛華は迎えなんていらないと言ったのだが、彼は頑《がん》として到着時刻を教えるように電話で迫った。というより、彼は父の代理なのだ。本当は父自身が迎えにいきたいが、妻と家で待っていると。

父は女たらしのくせに、妻には頭が上がらないのだろうか。妻を大事にする気持ちがあるなら、浮気などしないだろうに。

正直、父のことはまだよく理解できていない。とにかく孝介が愛華に気を使ってくれるのは、すべて父の代理だからだ。

彼は運転手つきの車を用意していて、愛華は驚いた。

いや、社長という立場なら、運転手がいてもおかしくないが。彼は愛華に運転手を紹介した。

「これからは出かけるときは、彼に車を出してもらうといい」

どうやら杵築家の運転手ということらしい。そういえば、父の家には家政婦がいた。庭も広かったから、庭の手入れをする専門の人もいるかもしれない。

もしかして、これからわたしは今までとはまったく違う暮らしをすることになるの？

愛華は不安を抱いた。

よく知らない家で知らない家族と同居するのだから、それに関しても最初から不安だった。

しかし、そういう点での変化についてはまったく想像もしていなかったのだ。

だって、家政婦や運転手がいる生活なんてしたこともないから……。

思いつかなかったとしても、当たり前だ。

同居を決めたのは間違っていたのか。そう思いつつも、今更どうしようもない。

それに、ずっと同居すると決めているわけではない。自分に無理だと判れば、一人暮らしを再開することになるだけだ。

そう考えて、愛華は少し気が楽になった。

車の後部座席に孝介と並んで座り、新しい我が家になる場所へ向かった。

家に着いた愛華を、父とその妻が二人並んで迎えてくれた。

どう見ても仲がよさそうな夫婦だ。事実は違うのだろうが、少なくとも愛華にはそう見える。

二人寄り添っているせいかもしれないが。

「よく来たね。待ちかねたよ」

父はにこにこしながら、自分の妻を紹介してくれた。彼女は孝介と目元が似ていて、とても綺麗《きれい》な人だ。今は少しふくよかではあるものの、若い頃はかなりの美人だったに違いない。だが、それを鼻にかけたようなところはなく、感じがよく、優しい人に見えた。

「淑子《としこ》です。愛華ちゃんと呼んでもいいかしら」

「はい、もちろんです。あの……お世話になります、淑子さん」

父に認知されても、別に彼女が継母《けいぼ》になるわけではないので、名前で呼ぶべきだろう。正直なところ、父のこともまだ『お父さん』とは呼びにくい。だが、最初にここに来たときのように『友康さん』と呼ぶのも変だ。

愛華が持ってきた田舎の土産を渡すと、淑子は喜んでくれた。

「名物のお菓子なの？　ありがとう。ああ、そんなに固くならなくていいのよ。さあ、どうぞ上がって。疲れたでしょう？」

愛華は自分が緊張していると、相手に気を使わせると思い、なるべく肩の力を抜くことにした。といっても、なかなか上手くはいかないが。

でも、ここで暮らす以上、そうするのが一番だわ。

この間は応接間に通されたが、今回案内されたのはリビングだった。広くて日当たりがよくて、少し圧倒される。この家が大きいのは知っていたが、想像以上だ。天井が高く、窓も広い。大きなソファには何人もの人が座れそうだった。

父と淑子、孝介、そして愛華の四人がソファに座ると、家政婦がお茶を持ってくる。家政婦も紹介されたが、三人もいて驚いた。

確かにこの大きな家を掃除するのは大変そうだけど、三人……。

愛華はここに置いてもらう代わりに、家事を少し手伝おうと思っていたのだが、彼女達の仕事の邪魔はできない。生活費を入れると言ったら、断られるだろうか。

というより、わたし、本当にこの暮らしに慣れることができるのかしら。

だんだん自信がなくなってきてしまう。

それにしても、こうして四人が座って談笑していると、家族団らんのような気分になってくるから不思議だ。

父も淑子も、そして孝介さえも今は感じよく振る舞っているせいからかもしれない。

「そうだわ。お部屋を案内しなくちゃね、愛華ちゃん」

淑子が立ち上がったとき、ちょうど家政婦がやってきた。

「奥様、お料理のほうなんですけど……」

「ああ、ちょっと待って」

孝介がすっと立ち上がって、愛華の持ってきた荷物を手に取った。

「母さん、僕が案内するよ」

「じゃあ、頼むわね」

孝介は愛華に目を向けて、頷いた。

「こっちだ」

「はい……」

愛華は孝介の後について、リビングを出て、玄関の近くにある階段を上がっていった。手すりが黒いアイアンで凝った形をしている。階段までおしゃれなのだ。壁には絵が飾ってあり、天井からはシャンデリアがぶら下がっている。

「とても大きな家だから、わたし、迷ってしまいそう」

「すぐに慣れるよ」

彼はいつからここに住んでいるのだろうか。初めて来たとき、彼も愛華と同じように感じたのか。

訊いてみたかったが、彼のプライベートに立ち入るようで躊躇ってしまう。彼と顔を合わせるのは三度目だが、最初の印象が強すぎたみたいだ。余計なことを言うと、また突き放されそうな気がするのだ。

今は感じよく振る舞っているが、いつまた嫌な人になるか判らない。

本当は彼に興味があるんだけど……。

やっぱり何も言わないほうがいいわ。

彼は二階のそれぞれの部屋についても教えてくれた。

「ここが僕の部屋だ。そして、こっち側に夫婦の寝室、母の趣味の部屋。母は手芸が好きなんだ。完成品が飾ってあるから、後でいろいろ見せてもらうといい」

他にも寝室があり、来客が泊まれるように造られているらしい。

「ここが君の部屋だ」

彼が扉を開くと、上品でナチュラルな雰囲気の部屋が現れた。娘が欲しいなどと言われたので、ティーンの女の子の部屋みたいな雰囲気になっていたらどうしようと思ったのだが、取り越し苦労だったようだ。

「いいお部屋ね……。明るくて、綺麗！」

「母の趣味はいいだろう？」

「そうですね。本当にそう思います」

家具は揃《そろ》っていて、愛華が注文した小さな仏壇がすでに低いチェストの上に置かれている。

淑子の配慮なのか、いつでも線香を立てていいように用意がしてあった。

「淑子さんにはお礼を言わなくちゃ……。何から何まで気を使っていただいて」

部屋を見回すと、宅配で送った荷物は部屋の隅にまとめて置いてあるのが視界に入った。

「荷解《にほど》きは家政婦に頼んでもよかったが、触られたくないものがあるかもしれないと思ったから、そのままにしている」

「ありがとう。荷解きくらい自分でできますから」

愛華はバッグから布に包んだ位牌を出して、仏壇に並べ、話しかけた。

「お祖父ちゃんもお祖母ちゃんも……お母さんもしばらくここにいてね」

やはり自分がずっとここにいるとは思えない。とはいえ、一時的にであっても、やはり元の家に位牌を置きっぱなしにするわけにもいかなかった。結局のところ、愛華以外に供養《くよう》する人間はいないからだ。

線香を上げて拝《おが》むと、孝介を振り返った。

「この家に他に仏壇はありますか？」

その瞬間、孝介の顔が何故だか硬く強張《こわば》った。が、すぐに元の表情に戻る。

「……仏壇はある」

彼がどうしてそんな顔をしたのか判らないが、あまり立ち入ったことを訊くのも悪いような気がした。少なくとも、彼とはまだそんなに打ち解けているとは言えない。

「そちらもお参りしないといけないですね。どなたが入ってらっしゃるのかしら。ご先祖様とか……」

父方の祖父母は元気でいるという話だから、そう言ったのだが、彼はいきなり暗い表情になる。

「……兄だ」

「えっ……お兄さん？　あなたの？　つまり……」

「君の兄でもある。父と先妻の間に一人息子がいたんだ」

「まあ……」

わたしには本当に血の繋がった兄がいたんだわ！

でも、亡くなったなんてショックだ。まだ若かっただろうに。

「亡くなったのは何年前のことなんですか？」

「あれは僕が二十二歳のとき……十年前だな。兄はまだ二十四歳だった。事故でね」

彼は遠い目をして呟《つぶや》くように言った。

「そうなの……。全然知らなかった」

お気の毒に。そう言おうとしたが、その人は自分の兄でもあるのだ。

兄がいたのなら会ってみたかった。どんな人だったのだろう。自分に少し似たところはあったのだろうか。

会ったこともない人だけど、なんだか悲しい。祖父母も母も亡くした愛華は、自分はもしかしたら近い存在を早くに亡くす星回りなのかもしれないと思った。

「もう昔の話だ。君が落ち込むことはない」

愛華は黙って首を横に振った。

会ったことはなくても、わたしの兄の話なのよ。

そう言いたかったが、彼のほうがよほどつらそうな顔をしている。昔のことであっても、彼はまだ兄の死を悼《いた》んでいるのだろう。

彼は急に向こうを向いて、手で指し示した。

「あそこの扉の向こうがバスルームになっている」

いきなり話題を変えられたので驚いたが、彼は重苦しくなった雰囲気を変えたかったのかもしれない。

「バスルーム？　え……部屋にバスルームがついているの？」

「どの部屋もついている」

なんて贅沢《ぜいたく》！

けれども、裕福な家とはそういうものなのかもしれない。

「ホテルみたい」

「友人によくそう言われる」

そうでしょうとも。

豪邸での生活についていけるかと心配だったが、ここで慣れてしまったら、むしろここを出ていったときのほうが大変になるだろう。

贅沢に慣れちゃダメよ。

愛華はそれを肝に銘じた。それだけは忘れてはいけないのだ。

わたしの目的はまず父と親しくなること。それから、祖父母や親戚に紹介してもらうこと。

子供の頃はお金持ちの生活に憧れていたものだが、今は自分の身の程を知っている。父親が大企業の会長かもしれないが、愛華はごく普通の美容師でしかない。しかも、未熟だし、その上、今は仕事も辞めてしまっている。

ここの生活に慣れてきたら、仕事を探そう。

そして、もう充分だと思えたら、すぐにここを出ていこう。父とはずっと親子でいたいが、それでも生活の違いというものはあるのだ。

わたしはとことん庶民なんだから。

愛華はバスルームをちょっと覗《のぞ》いてみて、溜息を軽くつく。

「何が気に食わないんだ？」

孝介は溜息の意味を勘違いして、不機嫌そうに言った。

変に優しいより、彼はこんなふうに辛辣《しんらつ》な雰囲気のほうが合っているようだった。彼がどういう人であるかに関わらず、それが愛華の彼に対する第一印象だったからだ。

「気に食わないわけじゃなくて、すごく清潔で綺麗だから。贅沢な生活に慣れることができるかしらって不安を感じたんです」

「馬鹿な。だいたい、それほど贅沢じゃない」

「充分、贅沢ですってば」

彼の感覚は普通と違うのかもしれない。だが、この家の各部屋にバスルームがあるのはずっと前からなのだろうから、それを当たり前にしか思えないのは当然だろう。

「とにかく、もう敬語で話すのはやめないか？　少なくとも僕に対しては。僕は君の味方でありたいと思っている」

「味方……」

そんなふうに言われたことは一度もなく、愛華は戸惑った。

「味方と言うと大げさかな。でも、君は知らない家でこれから暮らすことになる。僕にも経験があるんだよ。子供の頃、母が再婚して、僕もここに来た。最初は君みたいに広い部屋で落ち着かずにウロウロしたよ。バスルームにも確か驚いた覚えがあった」

さっきは贅沢ではないと言っていたが、子供の頃のことを思い出したのか、ニヤリとした。

「そうだったんですね」

「何しろ、その前は狭いアパート暮らしだ。自分の部屋が欲しいとは思っていたが、いざ自分の部屋を与えられると、一人ぼっちになった気がしてなんだか淋しかった。そんなときに慰めてくれた人がいて……。今まで忘れていたけど、君の様子を見ていて、ふとその頃のことを思い出したよ」

つまり、彼にも味方がいたのだ。

それは亡くなった兄だ。だから、兄のことを話すと、とてもつらそうにしていたに違いない。

「じゃあ、ある意味、わたし達は同類なのかしら」

「そうとも言える。僕には今の君の気持ちが判るような気がするから……」

彼は愛華をじっと見つめてきた。

目が合うと、何故だか愛華は視線が外せなくなってくる。彼も何か言いかけたまま、黙ってしまって、ただ見つめ合うことしかできなかった。

まるで呪縛にかかったように。

彼ははっと何かに気づいたように視線を外した。そして、ぎこちなく愛華に手を差し出す。

「だから……仲良くしよう。兄妹として」

今更、握手をするなんておかしい。けれども、今の二人には必要なことかもしれない。

義理の関係とはいえ、兄妹として同じ家に暮らすなら、おかしなことになってはいけないのだ。

でも、彼にはきっと彼女の一人や二人、もういるんじゃないかしら。

婚約はしてなくても、将来を約束した人がいてもおかしくない年齢だ。もしかしたら、彼と何かおかしなことになりそうなんて考えているのは、自分一人かもしれない。

そうよね。きっと。

「これからよろしく、お義兄様《にい》」

愛華は冗談めかしてそう言うと、彼の手を握った。

その瞬間、身体の中に何か感じたことのないものが走り抜けていく。

静電気？　ううん、違うわ。もっと何か特別なもの。

孝介も驚いたような顔をしたから、愛華と同じものを感じたようだった。

二人は慌てて同時に手を離したものの、愛華にはまだ彼の手の感触がはっきりと残っているような気がして、思わず自分の手を押さえた。

今のはなんだったの……？

「一階に下りよう」

彼の言葉に、愛華はただ頷いた。

それからというもの、愛華の暮らしは一変した。

確かにそうなるだろうと予想はしていた。だが、それは愛華の予想以上のものだったのだ。まず、淑子とはとても仲良しになった。まるで実の母みたいに優しく接してくれる。けれども、それは他人行儀ではなく、親しみを込めた優しさだった。

愛華のほうも、母親の優しさを求めていたから、淑子が何かと構ってくれることが嬉しかった。いつしか、彼女を母親みたいに思えてきて、実母にできなかった親孝行をするみたいなつもりで、毎日、彼女のお供をするようになった。

淑子は観劇やショッピングが好きなのだ。けれども、派手にブランドショップで買い物をするわけではない。もちろん裕福なのだが、きっとそういう買い物には飽きているのだろう。手芸の材料を買いにいったり、アンティークショップで掘り出し物を見つけたり、画廊で絵を買うこともある。

他には美術館に連れていってくれたり、手芸仲間の集まりにも一緒に出かけた。芝居や映画や歌舞伎を観《み》たり、クラシックのコンサートやオペラにも行った。今まで経験したことがない世界を見て、愛華は毎日が楽しかった。

家に帰っても、愛華は淑子に手芸を習った。愛華の母はあまりそういったことが得意ではなかったが、祖母がいろいろ針仕事を教えてくれたことを思い出し、懐かしい気持ちになってくる。

父は認知手続きをしてくれ、これで正式に二人は父子となった。父は愛華を自分の戸籍に入れたいようだったが、母が残してくれた苗字《みょうじ》を失くしたくはなかったので、認知だけにしてもらった。

父は毎日、早く帰ってきてくれて、少しずつ打ち解けていった。愛華は父と母が不倫の関係だったことにこだわっていたが、よくよく聞いてみれば、父はそのときすでに離婚の話し合いをしていたようなのだ。けれども、母には離婚がはっきり決まってから伝えようと思っていたらしい。

けれども、母は不倫の関係に心を痛め、その上、妊娠したものだから、自分が身を引こうと決心したのか、他に好きな人ができたと告げたのだという。

確かに、母の口からもそういう口実で身を引いたという話は聞いていた。だから、父が勝手に都合のいい話をでっち上げているわけではない。それに、何よりその後、ほどなくして離婚して、二年後には淑子と再婚している。

とはいえ、やはり父と母が不倫していたことは事実だし、孝介によれば、父は女性関係の問題を他にも起こしているのだ。

だが、父が遊びで母と付き合っていたわけではないと知って、それだけで少し心が慰められたような気がした。

父方の祖父母や親戚に会い、彼らにも優しくしてもらい、愛華は東京に来た甲斐《かい》があったと思った。今では少しも淋しくない。これこそが自分の求めていたものだと思う。

でも……。

孝介とだけはほとんど話す機会もなかった。

兄妹として仲良くしようという話だったのに、彼は仕事で遅く帰ってきたり、出張に出かけたり、妙に避けられている気がする。

それは……ただの気のせいなの？

たまに早く帰ってきて、家族団らんとなっても、なんだか以前と違う。よそよそしい感じがするのだ。

他人行儀にしなくていいと言ったのは、彼のほうなのに。

わたしが想像していたような兄妹関係じゃないみたい。

けれども、それは仕方のないことなのだろうか。実際のところ、血の繋がりはないし、義理の兄妹でしかない。

というより、仕事を探すのも忘れて、毎日のように淑子と遊び歩いている愛華を、ひょっとしたら呆《あき》れて見ているのかもしれなかった。

最初の日は不安がっていたくせに、あっさりこの家に馴染《なじ》んでいる、と。

もちろん考えすぎかもしれないけど……。

ともあれ、日々を忙しく過ごしているうちに、いつの間にか、愛華が杵築家に同居することになってから一ヵ月ほどが過ぎていた。

今日は杵築家で行われるホームパーティーの日だった。

ホームパーティーといっても、愛華が最初に思っていたような、親しい人を何人か呼んで行うようなものではなかった。

父の親戚や友人を招いたパーティーで、かなりの人数が家に招かれるらしい。

このパーティーの趣旨は、愛華のお披露目《ひろめ》だという。

パーティーで自分が父の娘としてお披露目されるなんて、ぞっとするところだったが、父は娘ができたのが嬉しくて、みんなに自慢したいらしかった。だから、やめてほしいとは言えなかったのだ。

自慢するほどの娘じゃないんだけど……。

顔もスタイルも十人並みだ。いや、そういう意味でのお披露目ではないのだから、誰も顔やスタイルのことなど気にしてないだろうが。

それでも、人に注目されることなんて慣れてないから……。

愛華はどうも気が重かった。

しかし、その日は来てしまい、愛華は午前中から淑子にエステへと連れていかれ、次に美容院で髪をセットして、淑子が買ってくれたドレスを身につけることになった。

結婚披露宴に出席するような格好で大げさだと思ったが、夜になり、招待された人達が集まるに従って、その格好で正解なのだと判った。

だって、みんな、そんな感じの服を着ているんだもの。

愛華は上機嫌の父に連れ回されて、客に紹介された。愛華は愛嬌《あいきょう》で乗り切ろうと、笑顔で挨《あい》拶《さつ》をする。客商売をしていたので、笑顔や挨拶には自信がある。

料理はケータリングで、立食形式だった。飲み物もたくさん用意してある。広いリビングがパーティー会場で、みんなが楽しく食べたり飲んだり、談笑していた。愛華には何もかも初めての経験だった。

なんだか非現実的……。

まるで夢の世界にいるようだった。

シングルマザーの母に育てられ、田舎町の美容院で働いていた自分が、こんな華やかな世界に身を置いていることが不思議でならない。

でも、これはわたしの本来いるべき世界ではないわよね。

しょせん一時的なものだ。父は裕福だが、自分は違う。今は華やかな格好をしているが、本当の自分は地味だ。この家を出て、自活するようになれば、元に戻ってしまうものなのだ。

わたし……シンデレラみたい。

魔法使いではなく、父や淑子が愛華を変身させて、このパーティーの主役に据えただけだ。だとしたら、せっかくのパーティーなのだから楽しめばいい。

わたしがシンデレラなら、王子様はどこ？

愛華はそう考えて、周りを見回す。孝介が目に入り、ドキッとする。

彼は窓際に立っていて、グラスを手にしている。話しているのは素敵なドレスを着ている美女だった。

たちまち愛華は高揚した気分が失せていくのに気づいた。

孝介さんに恋人がいたっておかしくないのに。

いや、恋人なのかどうかは知らないが、親しそうに話している。彼女は確か父の友人である社長令嬢だった。

お似合いという言葉が頭に浮かんで、なんだか嫌な気持ちになってくる。

嫉妬するなんて……馬鹿みたい。

孝介は自分の義兄だ。嫉妬するのは間違っている。そもそも彼は愛華に対して、ずっとよそよそしい態度を貫いていて、兄妹みたいな感じもあまりないのだ。

自分を低く見るのは好きではないが、それでも愛華の頭の中にはひとつのフレーズが浮かぶ。

どうせわたしなんて……。

いや、そういう考え方はやはり嫌いだ。そんなふうに思い始めたら、止まらなくなってくるからだ。

今はこの楽しいパーティーの気分でいたいのに。

とはいえ、愛想笑いで顔がそろそろ強張ってきた。愛華は一人になりたくて、ワインが入ったグラスを持ったまま玄関脇の応接間のほうへ向かった。

ここには誰もいない。ほっとして、ソファに腰かける。

そういえば、ここは孝介と初めて会った場所だ。ドアが開いたら、厳しい顔をした彼が現れて……。

そんなことを思い出していたときに、突然、扉が開いた。

愛華ははっとしたが、そこにいたのは孝介ではなく、別の男性だった。

「ああ、愛華ちゃん。こんなところに隠れて、どうしたんだ？」

そう尋ねてきた男性は、従兄弟の義人《よしと》だ。父の弟の息子で、ちょうど孝介と同じ年らしい。

父の会社で重役を務めているそうで、エリートのような雰囲気を漂わせていた。

長身でスマート。かつ顔も整っている。きっと彼も孝介のようにもてることだろう。けれども、愛華は彼に対してなんの興味も湧かなかった。

親戚の一人というだけだ。孝介に感じるような特別なものは何もない。

それにしても、親戚とはいえ、会ったばかりで『愛華ちゃん』なんて馴れ馴れしい人だ。女たらしと言われる父とどこか似ている。

「少し休んでいるんです。リビングは人が多いから」

「実は僕も避難しにきたんだ。飲み物は？　新しいのを持ってきてやろうか？」

愛華は四分の一ほど中身が入っているグラスを彼に掲げて見せた。

「これで大丈夫です。ありがとうございます」

すると、彼はわざわざ愛華の隣に腰かけてきた。

「敬語なんていらないよ。親戚なんだしね。もっとリラックスしたら？」

要するに堅苦しいということだ。敬語を使わないようにと孝介にも言われたが、やはり慣れない相手には敬語が出てくる。同い年くらいならいいが、彼は明らかに年上だから。

「ごめんなさい。義人さんはわたしよりずっと年上だから」

「ずっと年上なんて、おじさんみたいに言わないでくれよ。孝介の奴《やつ》にもそうなのかい？」

「そうですね。孝介さんとは少し打ち解けましたけど」

孝介はよそよそしい感じだから、本当のことを言えば、打ち解けたわけではない。だが、敬語は使わないようにはなってきた。父や淑子とは普通に話すようになってきたから、孝介はそのついでだった。

「孝介といえば、君とあいつのことで親戚の中で噂《うわさ》になっているのを知ってる？」

「噂って……？」

愛華は顔をしかめた。いい噂ならいいが、悪い噂をされるのは嬉しくない。

「伯父《おじ》さんは養子より血の繋がった娘のほうが可愛《かわい》いんじゃないかって話だよ」

「まさか！　父は孝介さんをとても信頼しているし、実の息子みたいに思っていますよ。だいたい、わたし、父と会って、それほど時間も経《た》ってないし、まだ本当の娘のようには思ってもらっていないかもしれません」

それは少し誇張している。父は新しくできた娘として愛華を可愛がってくれている。まるで昔から娘だと知っていたかのように。

しかし、義人の言ったことを認めるわけにはいかなかった。父と孝介の間に何か問題があるみたいに思われたくない。

「本当にそう思う？　伯父さんは君に夢中じゃないか。君と孝介が結婚でもすれば、丸く収まるんじゃないかと言ってる人もいるんだけど。財産の問題とかあるだろう？　今まで孝介が全部もらうはずだったのに」

探るような目つきで見られて唖然《あぜん》とする。

親戚の中にそんな話をしている人が本当にいるのだろうか。信じられない。

「わたし、父の財産にたかるつもりはありません！」

愛華がムッとして彼に食ってかかると、彼は慌てたように自分の顔の前で手を振った。

「僕がそう思っているわけじゃないよ。そんなことを言う人もいるという話だ。それに、君が父親の財産をもらうのは当たり前の話だろ。実の娘なんだから」

「ごめんなさい。でも、わたしは本当にそういう気はないんです。ただ、自分に何か繋がりがある人が欲しかった。それだけです」

「そうか……。まあ、君はそうでも、他の人間にはそう見えないだろうね。財産狙いの男には気をつけるんだぞ。親戚のおじさんからの忠告だ」

彼がおどけたように言うので、愛華は思わず笑った。

「おじさんって感じじゃないですよ」

「一応、まだね。孝介とは同い年なんだけど」

「そうみたいですね」

彼はふと声をひそめた。

「実はさ、もうひとつ忠告しておきたいことがあるんだ」

「なんですか？」

さっきのような財産絡みの噂話なら、もう聞きたくない。だが、口に出してそう言ってしまうと角が立つ。

こんなところに来なければよかった。切りのいいところで、口実を設けてリビングのほうに移動したほうがいいかもしれない。

「孝介のことだ。あいつ……堅物《かたぶつ》のように見えて、遊びで女をいつも泣かせているんだよ」

「……そうは見えませんけど」

父のことを女癖が悪いと批判していたような人が、そんなことをするだろうか。もっとも、彼は自分の母のために批判していたのだが。

義人は話を続けた。

「そりゃあ、家では猫をかぶっているのさ。外では違う。伯父さんの心証を悪くしたくないんだろうが、なかなか冷酷な男だ。前から、仕事のやり方も汚かったしな」

もしかして、義人は孝介に嫉妬しているのだろうか。彼自身も父の会社の重役だから、社長である孝介に成り代わりたいと思っているのかもしれない。

父の実の息子は亡くなっているから……。

孝介が実子でないから、対等だとでも思っているのか。義人のことはよく判らないが、こんなところで悪口を愛華に吹き込んでいることを考えれば、仕事ができる男だとは思えない。

それとも、二十二歳の小娘なら騙せると思っているのかしら。

愛華は不愉快になった。

「わたし、そろそろリビングのほうに戻りますから」

残っていたワインを飲み干し、立ち上がろうとしたが、義人に急に腕を掴まれ、引っ張られた。バランスを崩して、彼のほうに倒れそうになる。

「やめてください！　酔っているんですかっ？」

「いや、酔ってないよ。話はこれから面白くなるんだから、ちゃんと座って聞きなよ」

「けっこうですから」

　愛華は彼の手を振り払おうとしたが、できなかったので、仕方なくまた隣に座る。彼は満足そうに愛華の手を離した。

「それで、どんな話なんですか？」

「これもまた愛華ちゃんへの忠告なんだ。孝介は君が思っているよりひどい男だ。油断して、気を許していると、ぱくりと食われてしまうぞ」

「孝介さんとはただの兄妹です。義理の兄妹ですけど、それ以上でもそれ以下でもありませんから」

　それに、そもそもあまり話をしないし、最初より遠い人になった感じがしているくらいだ。

「だから油断するなということだよ。君には見せていない裏の顔がある。愛華ちゃん、僕をもっと信用しろよ。血の繋がった従兄弟なんだから」

　そうだった。彼は愛華が欲しかった親戚の一人なのだ。

　しかし、どうも愛華は彼の言葉が信用できなかった。孝介のことを信じているからだろうか。義人に言わせれば、孝介に騙されているということになるのだろうが。

でも、どっちが正しいかって訊かれたら……。

孝介さんよね。やっぱり。

実際のところ、孝介がどんな人間なのかというところまで深く知っているわけではない。だが、その母親である淑子のことはずいぶん判るようになっている。淑子が育てた息子がそれほど悪い人間であるはずがないと思うのだ。

それに……義人さんと話していると嫌な気分になってくる。理屈ではなく、本能的に嫌なのだ。

「ご忠告ありがとう。お話は聞いたから、もう戻ります」

さっきより幾分きつめにそう言ったのだが、義人は愛華を戻らせまいとするかのように、肩に手を回してきて、ぐいと引き寄せる。

「もう……やめてください！」

「いいから聞くんだ。君はあの男の本性をちゃんと判ってないんだ！」

義人はやけに絡んでくる。ひょっとしたら、彼は酔っているのかもしれない。

「人の本性なんてどうでもいいです！　わたしには関係ないんだから……」

もがけばもがくほど、彼はそれに抵抗するように腕に力を込めてくる。いっそ悲鳴を上げようかと思った途端、応接間のドアが乱暴に開かれた。

そこには噂をされていた当の孝介がいた。愛華は助かったと思ったが、孝介は冷ややかな目つきでこちらを見てくる。

「声が聞こえてきたと思ったら……そこで何をしているんだ？」

義人は小さく舌打ちをすると、愛華の肩から手を放して立ち上がった。

「話をしていただけさ。まさか愛華ちゃんと話をするのに、おまえに許可してもらう必要はないだろ？」

孝介はすっと目を細めて、義人を睨んだ。

「うちの愛華を誘惑しないでもらおう」

孝介の言ったことに、愛華はギョッとする。

『うちの愛華』ですって？

けれども、よく考えると、愛華は彼の義妹ということになっている。一緒の家に暮らしているのだから、家族と言えば家族だ。『うちの愛華』でもおかしくはない。

そう思いつつも、彼に『うちの愛華』呼ばわりされると、少し照れてしまう。

義人は肩をすくめて、孝介の横をすり抜けるようにして出ていった。代わりに、今度は孝介が入ってきて、ドアを閉める。

彼は愛華にも厳しい目を向けてきた。

「どうしてあんな男と二人きりになったんだ？」

久しぶりに威圧的な言い方をされて、ムッとする。まるで初対面のときの彼のようだ。

「好きで二人きりになったんじゃないわ！　わたしがここに一人でいたら、あの人がたまたま来たのよ」

「馬鹿だな。たまたまのはずがないだろ？　あいつは機会を窺《うかが》っていたんだよ」

「機会って……なんの？」

決まっている。孝介の悪口を吹き込むためだ。しかし、愛華に孝介の悪口を吹き込んで、何か得になることでもあるのだろうか。

孝介は深々と溜息をついた。

「君は何も判ってないんだな」

「どういうこと？」

「君は杵築友康の実の娘だ。自分の味方に引き入れたい。あわよくば、誘惑でもして、君の婿《むこ》になれたらいいと思っている……というところだ」

「まさか！」

愛華は思わず笑ってしまった。

義人のほうは孝介が女たらしだから気をつけろと言った。孝介のほうは義人が愛華を狙っていると言う。

　この二人の仲が悪いだけで、わたしはなんの関係もないいんじゃないの？

「笑い事じゃない。君は気づいてないかもしれないが、今日のパーティーで何人もの男に声をかけられているはずだ」

　そういえば、確かによく声をかけられた。

「でも、ただの挨拶でしょう？」

「連絡先を渡されなかったか？」

「え……まあ……。だけど、あれはただの名刺だし」

　愛華は思い出しながら顔をしかめた。

　名刺にスマホの番号まで添えてあって、いつか食事に行こうとか、東京を案内するとか言う人もいた。愛華は単なる社交辞令だと思っていたが、まさか本気だったのだろうか。

「君は世間知らずだな」

「せ、世間くらい知ってるわよ！」

　孝介こそ、子供の頃からこんな大きな家で暮らしていて、世間を知らないのではないだろうか。シングルマザーの母を気遣って、大学に行くのを諦めたり、手に職をつけるために美容師を目指したのに、世間知らずと言われてムッとする。

「確かに君は苦労してきたよ。だが……大人の汚い部分をまだよく知らないはずだ。男女のことも……」

愛華は今まで男性と付き合ったことがない。というより、デートひとつしたことがなかった。祖父母が早くに亡くなったこともあり、後は母を助けることばかり考えていて、他のことまでは手が回らなかった。

もちろん、今もバージンで……。

愛華は彼にそのことを揶揄《やゆ》されたような気がして、カッとなった。

「悪かったわね！」

ソファから立ち上がり、ドアのほうに突進していく。このまま孝介の説教を聞いている気分ではなかったからだ。

とにかくリビングに戻って、それから客に愛想よくする。それが今日の愛華の仕事みたいなものだ。

「待つんだ」

孝介に手を掴まれ、愛華は彼を睨みつけた。

「あなたまで、こんな真似を……」

そのとき、孝介の表情が変わった。ひどく恐ろしげな目つきになっている。

「義人にもこんなことをされたのか？」

「そうだけど……」

「まさか、あいつに……」

彼は愛華の腕をぐっと引き寄せて、顔を近づける。

あまりにも近くて、一瞬ドキッとした。目が合うと、視線が外せなくなってしまう。何故だか、身体の内側が熱くなってきたような気がする。

わたし……どうしちゃったの？

いつしか彼の手が愛華の背中に回っていて、その手の感触を強く意識した。

「こ……孝介さん……」

「黙って」

彼の息が唇にかかる。

思わず目を閉じたとき、愛華の唇に彼の唇が重なった。

強いショックが身体を走り抜けていく。

だって……。

これはキスなんでしょ？

いけないことをしている。わたし達は兄妹なのに。

義理の兄妹で、血縁でもなんでもないことは判っている。しかし、どちらも義理の兄妹としてこの家で暮らしているのだ。

ダメ……。

そう思いつつ、愛華は彼を押しのけられなかった。強い力で押さえつけられているわけではない。彼の手は愛華の背中に当てられているだけだ。けれども、そこから抜け出せなかった。

あまりにもキスが甘くて、心地よくて……。

頭の中がふわふわしている。愛華はもう何も考えられなかった。

そのとき、リビングのほうで客達がどっと笑う声が聞こえてきた。孝介ははっとしたように身を引いた。

愛華は身体が火照《ほて》っていて、どうしていいか判らず、ただ呆然《ぼうぜん》としていた。孝介のほうは愛華から離れて、顔を背けるようにして言った。

「……すまない」

「孝介さん……。わ、わたし達……」

「君には悪いことをした。忘れてくれ」

忘れてくれと言われても、忘れられるものではない。愛華にとっては初めてのキスだった。

しかし、彼の言うことのほうが正しい。これは忘れるべきことなのだ。

でも……。

彼に拒絶されたような気がして、何故だか心が痛んだ。

「先に行ってくれないか」

愛華は小さく頷き、目を伏せるようにしてドアを開けた。

リビングのほうはとても賑《にぎ》やかで、音楽が流れている。愛華は少しふらつきながら、そちらに向かった。


孝介は自分の行動を後悔していた。

彼女にキスをするなんて、とんでもないことだ。そもそも、腕に触れてもいけなかったのだ。触れたばかりに、身体と心に火がついてしまった。

けれども、義人が彼女に何かしたのだと思った瞬間、我慢ができなくなった。

つまり……あれは嫉妬だ。

嫉妬するなんて笑える。愛華は孝介のものではない。義理の妹でしかないのに。

だが、今まで何度も義理の妹なのだからと思ってきたが、やはり心は納得していない。彼女に惹《ひ》かれる気持ちを抑えきれないのだ。

といっても、これは恋愛感情とは違う。そもそも孝介は誰かを愛したことなどない。母のことは大事に思っているが、今まで特別に愛情を感じた相手はいなかった。

そう。これは……ただの性衝動だ。

愛華のことは最初に会ったときから意識していたが、義理の兄妹として同じ家に暮らすために少し距離を置いていた。何しろ目が合うと、彼女から視線を外せなくなる。いや、彼女を見るたびに、何かモヤモヤとした気持ちになってきてしまう。

身体が反応して、それが心に伝わっていって、彼女が欲しいと思うのだ。正直言って、今まで出会った誰よりもそう思っている。

いや、もちろん気持ちのままに行動してはいけないと判っている。彼女は家族の一人なのだから。

だから、なるべく避けていたというのに。

嫉妬した瞬間に何もかも忘れてしまい、衝動のまま行動した。孝介はそんな自分を嫌悪して、さっきのことを後悔していた。

彼女が忘れてくれればいいが……。

そもそも、自分が忘れられるかどうかが判らない。柔らかい唇はとても甘くて、ずっとキスをしていたかった。今すぐ抱き締めて、自分のものにしたいくらいだ。

孝介はギュッと目を閉じて、その考えを振り払うように首を横に振った。

思春期の少年でもあるまいし。

愛華は妹だ。義理であろうとなかろうと、手を出してはいけない存在だ。

尊敬する父の娘で、家族として大事にしていかなくてはならない。

だが、果たして自分にそれができるだろうか。

孝介は気が遠くなりながらも、とにかく愛華には二度と手を出さないことを強く決心した。

そして、そうするためには、彼女からもっと距離を置かなくてはならないと思った。

第三章　突然デートに誘われて

あのパーティーから二週間ほどが過ぎた。

愛華はいつものように、夕食の後にリビングで父や淑子と共にテレビを観ながら、一家団らんを楽しんでいた。

孝介はまだ帰ってこない。今日も遅いのだろうか。

最近の孝介はますます仕事で忙しくなり、愛華とは顔を合わせない日々が続いていた。本当に忙しいのかどうか判らない。というより、父が不思議がっている。いつも帰りが遅いから、一体、何をやっているのかと。

彼が家になかなか帰れないのは、わたしのせいなの……?

あのキスのことを、愛華は繰り返し思い出していた。忘れろと言われても、忘れられるものではない。

だって、初めてだったし。

あんなふうに身体の芯が燃え上がるような感じになったのも初めてだった。

あのキスは、彼にとってなんだったの？

軽い言い争いで、彼は急に怒りだして、その後のことだった。怒ったからといって、誰にでもキスするわけではないだろう。そもそも怒りとキスの間には、なんの関連性もないと思うのだ。

そもそも、彼がどうして怒ったのかもよく判らなかった。

わたしのことを好きなの？

いや、こんなに避けられているのだから、そんなはずはない。それに、孝介のような人に恋人がいないとは思えなかった。

だって、外見は素敵だし、なかなか真面目な人だし、しかも大企業の社長なのよ。

淑子によると、家に恋人の一人も連れてきたことがないらしいが、連れてこないからといって、いないとは限らない。

最近遅く帰ってくるのは、デートしているからかもしれないのだ。

そう考えてみて、愛華の胸は何故だかズキンと痛んだ。

彼に恋人がいても、わたしにはなんの関係もないわ！

それより、もっと建設的なことを考えよう。ここに来たとき、しばらくは父と一緒に暮らして、親子らしい関係になりたいと思っていた。

ただし、ずっといるつもりはなかった。仕事をして、そのうちに一人暮らしに戻るつもりだったのだ。

ただ、予想外にこの生活は楽しくて……。

淑子と一緒に出かけて、いろんな経験ができた。父との関係も良好だ。二人と一緒にいると、まるで本物の家族のように思えてくる。

ずっとこのままでいたいなんて思うけれど、やはりこれは本当の自分ではない。

本当の愛華は地味で庶民的だ。贅沢な暮らしなど本来縁がないものだ。父は確かに裕福で、甘やかしてくれる。淑子もとても優しい。しかし、二人に甘えてばかりいるのはよくないと思うのだ。

「あのね、お父さん……」

テレビの画面を見ていた父がこちらを向いた。優しい表情をしていて、その顔から笑みを消したくないと思ったのだが、恐る恐る言いたいことを言ってみた。

「わたし、そろそろ仕事をしようと思うんだけど」

その途端、父の顔が強張った。

「何を言ってるんだ。愛華は仕事なんてする必要はないんだ」

「でも、普通の大人は仕事をするものでしょう？　もちろん結婚して奥さんになれば別だけど」

淑子が働いていないことを非難するつもりは毛頭ないから、慌てて付け加える。

「わたし、せっかく手に職を持っているんだし、どこか適当に美容院の求人を探して……」

「いや、それはよくないよ」

父は頑固そうに口を引き結んだ。淑子が気を利かせて、テレビを消してしまう。わざわざ家族団らんのときに、こんな話題を出さなければよかった。

だが、父も淑子も反対することが予想できたので、なかなか言い出せなかったのだ。

案の定、淑子も複雑そうな表情になっている。

「愛華ちゃんが仕事をしたら、一緒にショッピングもランチもお芝居も行けなくなっちゃうわ。もしかして、わたしに付き合うのが嫌になったの？」

「そんなことないわ！　淑子さんと一緒にいるといつも楽しいと思ってる。でも、今までのわたしの生活とはかけ離れているから。やっぱりわたしは仕事をしているほうが性に合っているかなって……」

「ダメだ！　私は許さない」

「許さないって言われても……」

父がそこまで強く反対するとは思わず、愛華は途方に暮れる。

「愛華はずっと大変だったじゃないか。今まで苦労してきた分を、私が楽にしてやりたいんだ」

そう言われると、愛華も強く出られない。父の気持ちがなんとなく判るからだ。

「美容師の仕事は楽しいこともあるんだけど」

仕事だから、すべてが楽しいなんてことはあり得ないが、自分の技術で客に喜んでもらえたときはやはり嬉しい。

「それなら、店を持たせてやろう」

「えっ……店?」

「おまえの美容院を開業するんだ。どこがいい? 私は美容院のことはあまり詳しくないから、アドバイザーが必要だな。淑子、おまえなら、どこに店を出したらいいと思う?」

淑子は嬉しそうに答える。

「そうね。わたしのお友達にそういうことに詳しい人がいるから、連絡取ってみるわ!」

「よし、そうしてくれ。愛華、もし希望があればなんでも言ってくれ。おまえのためなら、なんでも揃えてやるから」

「それがいいわね! 愛華ちゃんのお店、わたしも知り合いに宣伝するわね」

夫婦の間で話がどんどん進んでいる。愛華は慌てて口を挟んだ。

「待って！　わたしは店なんか出さないわよ！」

「だが、美容師となったからには、自分の店が欲しいものだろう？」

「確かに、いつかは……と思っていたわ。でも、今のわたしにはまだ無理よ。技術も未熟だし、いろんなことを勉強してからでないと」

正直、無謀《むぼう》としか思えない。指名客をたくさん持つようになって、技術にももっと自信を持てるようになってからでないと開業はできない。それに、年齢的にも自分は若すぎる。たとえ店が出せたとしても、碌《ろく》なことにはならないだろう。

「そうか……。とにかく、仕事をするなら、もう少し待つんだ。今は淑子と楽しくランチでもしていてくれ」

もう少しとはどのくらい後のことなのだろう。愛華は贅沢な暮らしから少し離れてみようと思っていたが、父がそこまで反対するのに、無理に押し通そうとは思わなかった。

以前の愛華なら、自分のことは自分で決めると啖呵《たんか》を切るところだが、父や淑子を知れば知るほど、二人の気持ちを傷つけたくないと思ってしまう。

無理に仕事を始めたら、なんだか恩知らずみたいな気になってくるし。

とにかく、もう少し待ってみよう。

愛華は渋々、父の意見に同意した。

孝介が帰宅したとき、リビングには父と淑子がいた。

愛華はいない。孝介はほんの少しがっかりしたが、同時にほっとした。彼女の顔を見ると、どうしてもキスのことを思い出して、落ち着かなくなるからだ。

キスしていないときでさえ、彼女のことが気になっていたのに、キスしてからは、つい彼女のことばかり考えてしまう。なるべく仕事に集中して、彼女を避けているのだが、同じ家の中にいると思うと、意識してしまうばかりだ。

「孝介、帰ってきた早々悪いが、ちょっと話があるんだ」

「え……なんですか？　仕事の話？」

「仕事じゃないが、大事な話だ。書斎で話そう」

父は厳しい顔をしている。ひょっとして、愛華にキスをしたことがばれたのだろうか。だが、愛華がわざわざそんなことを父に言うはずがないとも思う。

彼女と父の関係は良好だが、やはり普通の父と娘ではないような気がするのだ。無理しているわけではなくても、何かぎこちなさを感じるところがあった。

もっとも、最近は愛華を避けているので、愛華と父が話しているところもあまり目にしていないのだが。

二人は書斎に移動した。

この部屋は父の城のようなもので、たくさんの本に囲まれ、座り心地のいいソファに腰かけて読書ができる。立派な机や椅子もあるが、最近では父もほとんど使っていない。読書のための部屋みたいになっていた。

父が肘掛けのソファに腰かけた。孝介はテーブルを挟んで、ゆったりとしたソファに身を預けた。

「それで、なんの話なんですか？」

父は咳払いをした。どうやら言いにくいような話題らしい。孝介は自然と肩に力が入った。

「おまえは結婚を考えたことがあるか？」

「何を突然……」

「いいから答えてくれ。結婚を考えるほどの相手がいるのか、という質問のほうがいいかな」

孝介はゆっくりと首を横に振った。

「誰もいませんよ。今も昔も結婚なんて考えたこともないし、今現在、誰かと付き合っているわけでもありませんから」

「では、愛華のことはどう思う？」

急にその名前を出されて、孝介は一瞬躊躇った。

女として興味がある。彼女が欲しい。

当たり前の話だが、本当のことは父には絶対に言えない。

「……可愛いと思っていますよ」

「それならいい。単刀直入に言おう。……愛華と結婚してくれないか？」

孝介は驚いた。飲み物を飲んでいたら、完全に噴き出していただろう。

「どうしてそんな急に……？」

やはりキスのことを知っているのだろうか。孝介は父の大事な娘に手を出したことを後悔していたが、キスくらいで責任を取れと言われるのは納得がいかない。

「愛華はそろそろ仕事がしたいと言い出したんだ」

「えっ……ああ、前にそんなことを言っていたような……」

「知っていたのか？　どうして止めなかった？」

「仕事をするもしないも本人の勝手でしょう。どうして止めなくちゃいけないんです？」

結婚の話をしていたのに、急に仕事の話になって、孝介は戸惑っていた。

どうやら愛華にキスしたことは知られていなかったらしい。だが、それならどうして結婚の話を持ち出してきたのだろう。それに、愛華自身はこのことを知っているのか。

たぶん知らない気がする……。

ということは、父が勝手に愛華と孝介を結婚させようと企《たくら》んでいるのだろうか。一体、なんのために？

「愛華は今までとても苦労してきている。父親も知らず、シングルマザーに育てられ、大学も行けずに、手に職をつけようと美容師になった。恐らく金銭でも大変な目に遭っているはずだ。だが、愛華はもう私の娘なんだ。できれば二度と仕事なんかさせたくない」

父の気持ちは判らないでもない。しかし、仕事をしたいと言っているなら、させてやるほうが、本人のためになるのではないのかと思う。

とはいえ、本当に仕事がしたいと思っているのか。単にまだここの家族の一員という気になれなくて、居候《いそうろう》気分でいるから、仕事がしたくなってきたのかもしれない。

「でも……ずっと何もしないというわけにはいかないいんじゃないですか？　何か生き甲斐も欲しいだろうし」

母は愛華をショッピングや芝居などに連れ回しているらしい。母はそういった場所に出かけるのが生き甲斐だが、愛華は恐らくそうではないのだろう。

だから、仕事がしたいと言い出したのかもしれない。

「生き甲斐は仕事以外で見つけてほしい。だから、愛華と結婚してくれないか？」

「何故、結婚を……」

「結婚したら、子供ができる。ほら、生き甲斐ができた。子供がいれば、愛華の性格なら仕事はしないんじゃないか？」

確かにそうだが、そのために孝介に結婚しろと言っている。

「じゃあ、どうして相手が僕なんですか？」

不満そうな訊き方をしてしまったが、もし自分が断ったら、彼女の夫は他の男になるかもしれない。

そう思っただけで、胸の奥がカッと熱くなってくる。

嫉妬か？

だが、嫉妬するほどの関係ではない。彼女は自分のものではないし、嫉妬する資格もないというのに。

「おまえは元から家族じゃないか。それに……」

突然、父は身を乗り出し、ニヤリと笑う。

「おまえは私の息子だ。実の娘と結婚するにふさわしい男だ。私は愛華がどこぞの財産目当ての男に引っかかる前に、きちんと結婚させてやりたいと思っている」

財産目当ての男に引っかからないように……。

それは納得できる。孝介自身、それが一番気になっていたからだ。愛華に悪い虫がつかないように。それだけを祈っていた。

義人でなくても、他の男でもダメだ。いや、どんな男でも彼女に触れるところを想像すると、ダメだと思ってしまう。

だが、これは愛情ではなく、ただの独占欲だ。愛華が欲しい。自分のものにしたい。結局、それだけの気持ちしかない。

夫婦というものは、こんな刹那《せつな》的な感情のみで結ばれるものではないだろう。まして、父の言うような理由で結婚するなんて、決していいことではない。

いや、孝介には夫婦の本質など判らないのだが。

実の父は母に暴力を振るうひどい男だった。幸い孝介が幼い頃に離婚して、縁が切れた。その後、どうなったのかは知らないが、特に興味はない。万が一、今の孝介の前に現れたとしたら、なんの情もなく切り捨てられると思っている。

母が再婚を決めたとき、孝介は新しい父のことを警戒していた。今度の父も母を悲しませるかもしれない。碌《ろく》な男ではないかもしれないと考えたのだ。

だが、彼は想像していたような男ではなかった。穏やかで思慮深く、頭がよく、決断力もあり、何より家族を幸せにする財力もあった。欠点は女癖が悪いということだが、それを補って余りある魅力があった。

ただし、最初は警戒心を解かなかった。礼儀正しく挨拶はしたものの、顔は強張った。新しい父を拒絶することは、母を悲しませることになる。頭では判っていても、すぐには打ち解けることができなかったのだ。

そんな孝介の心を溶かしたのが、父の一人息子である弘泰《ひろやす》だった。

孝介より二つ年上の義兄は、恐らく父にとって完璧な息子だったろう。頭もよく、運動もよくできて、バイオリンも弾《ひ》けた。いつも明るく笑っていて、もちろん性格もよく、孝介を本当の弟のように可愛がってくれ、構ってくれた。

孝介は弘泰を慕い、同じ高校や大学に入り、同じように友康の会社に入った。

事故による悲劇がなければ、今も弘泰はこの家に明るい笑顔を振りまいていたことだろう。

孝介は弘泰のようになりたかった。弘泰のような完璧な人間になりたいと思っていた。そして、養子縁組をしてもらった友康のよき息子になりたかった。

しかし、友康が頼むからといって、結婚は決められない。

結婚すれば、合法的に愛華が手に入れられる。それが判っていても、父の頼みに承諾するのは躊躇われた。

自分だけのことではない。愛華は一人の人間だ。彼女の意志も尊重しなくては。彼女が美容師の仕事をしたいと言うなら、させてやればいいのだ。

父はひとつ咳払いをした。

「おまえが娘をもらってくれれば、本当の息子同様になるんだが」

本当の息子同様……。

孝介の頭の中にその言葉は響いた。

愛華と結婚すれば、継子《けいし》や養子という立場以上のものになれる。血の繋がりはなくても、もっと友康に近い存在になれる。

弘泰のような存在に。

孝介はぐっと膝の上で拳《こぶし》を握った。

この家族の中で、確かな結びつきが得られる。孝介はその誘惑に抗《あらが》えなかった。

たとえ、その手段が結婚であったとしても。

「判りました……」

父は顔を上げて、笑顔を見せた。

「本当か？　結婚してくれるか？」

「ですが、彼女に何か言うのはやめてください。強制されていると思ったら、きっと嫌がります」

父は深く頷いた。

「それもそうだな。愛華を説得するのはおまえに任せる」

説得できるかどうか判らなかったが、とにかく彼女と結婚する。

そうして、欲しくてたまらないものを自分はふたつとも手にするのだ。

孝介は決心を新たにした。

翌朝、愛華は朝食を摂《と》るためにダイニングへ向かい、めずらしく孝介がテーブルについて食事をしているのに気がついた。父と淑子はまだ起きていないようだ。

「あ……おはよう」

最近、愛華が起きてきたときには、彼はもう出かけている。朝には顔を合わせないことが多くなっていたのに、今日はどうしたのだろう。

もちろん、彼がいつ食事をしようが勝手なのだが。

「おはよう、愛華」

名前を呼ばれてドキッとする。

そういえば、あのキス以来、まともに言葉を交わしたこともなかったような気がする。愛華はキッチンに行き、家政婦に挨拶をして、朝食をもらった。座っていても持ってきてくれるが、自分がもらいに行ったほうが、気が楽なのだ。

孝介の向かい側に腰かけ、トレイからごはんと味噌汁《みそしる》、そして卵焼きとおひたしと焼き魚と漬物をテーブルの上に並べる。

杵築家の朝食は、和食と洋食が一日交替で出てくるのだ。愛華は手を合わせて、食べ始めた。

「最近、いつも夜遅いのね。……お父さんも心配していたわ」

まだ『お父さん』と呼ぶのに慣れていなくて、少し照れてしまう。

「しばらく仕事が忙しかったんだ。これからは早く帰れる」

「そう……」

愛華とのキスが気まずくて避けているのかと思っていたが、どうやら自意識過剰だったらしい。

そうよね。あの前から、孝介さんはよく遅く帰ってきたりしていたし。

それにしても、ちゃんと兄妹らしい会話ができている。やはりあのキスにこだわっていた愛華はほっとする。

気まずいのは嫌だから……。

きっと孝介にとってはキスなんて大した意味はないのだろう。大人の男性だから、キスなんて何度もしたことがあるはずだ。あれはアルコールも入っていたし、ただの間違いだ。

愛華は他愛《たあい》のない会話をしながら、朝食を食べ続ける。孝介のほうが先に食べ終わって、お茶を飲みながら、愛華に目を向けてきた。

目が合いそうになり、愛華は慌てて視線を逸らした。

だって、目が合うと、おかしな気分になってくるから。

「愛華……実は話があるんだ」

「えっ……」

改めてそんなことを言われて、愛華はドキッとして目を上げた。

やだ。また目が合っちゃった。

キスされたときのことが頭に浮かび、もう食事どころではなくなり、箸を置いて、湯飲みに手を伸ばす。お茶を一口飲み、改めて尋ねた。

「話って……何？」

「家ではしづらい話なんだ。今夜、待ち合わせて外で食事をしよう。せっかくだから、いいレストランに連れていってやろう」

「そ、外で？　あの……二人で？」

「もちろんだ。夕食はいらないと言っておけばいいから」

孝介と外で食事をするなんて、今までなかったことだ。レストランに二人でいるところを想像して、急にドキドキしてくる。

「あの……お父さんと淑子さんにはなんて言ったらいいの？」

「今日は兄妹で食事をすると言えばいい。別に不思議なことでもないだろう？」

そうだろうか。今まであまり話もしていないのに、急に外で食事をするなんて、おかしいと思われないだろうか。

それとも、いちいちそんなことを考えるのがおかしいのか。やはり愛華は自意識過剰なのかもしれない。

「……判ったわ」

愛華がそう返事をすると、孝介はにっこり笑った。

彼に笑いかけられることはあまりなく、二人の関係にはどこかぎこちなさがずっとあったのだが、思いがけない笑顔にときめいてしまう。

彼は待ち合わせの場所と時間を決めると、立ち上がった。

「じゃあ、今夜また」

「……はい。あの、行ってらっしゃい」

彼はふっと微笑《ほほえ》む。

「ああ。行ってくるよ」

なんとなく夫婦の会話のような気がして、おかしな気分になってくる。一瞬、玄関まで見送るべきかと思ったくらいだ。

そんなはずはない。

わたし達……兄妹なんだから。

彼は家政婦にご馳走様《ちそうさま》と告げて、ダイニングを出ていった。

わたし……孝介さんに食事に誘われたんだわ……。

もちろん、それは家ではしづらい話をするだけのことだ。断じてデートなんかではない。それは判っているが、男性と待ち合わせしたことすらない愛華にとっては、初めての出来事だった。

まるでデートに誘われたみたいな気がして……。

愛華の鼓動はしばらく鎮まらなかった。


夜になり、愛華は家を出た。

いいレストランに連れていってくれるらしいので、少し前に父が買ってくれたワンピースを着ていく。ワインレッドの膝丈ワンピで、大人っぽい雰囲気がある。薄手のコートを羽織り、髪を巻いて、少し凝った髪形にすると、孝介と釣り合いが取れる感じがした。

父も淑子も綺麗だとか似合っているとか褒めてくれたが、孝介はそんなことは言いそうにない。だが、せっかくだから、小娘よりちゃんとした女性に見えたほうがいいと思ったのだ。

ともあれ、運転手に車で送ってもらい、待ち合わせのラグジュアリーホテルのロビーへ向かった。

ロビーには数人の人がソファに座っている。愛華は見回したが、孝介の姿がないので、ソファに腰かけた。妙にそわそわしてしまい、気を落ち着けるためにスマホを取り出した。SNSを覗いてみるものの、まったく集中できない。

やっぱり、なんだかデートの待ち合わせみたい……。

義兄とはいえ、キスをした相手なのだから、そんな気になるのは仕方ないのかもしれない。彼のほうはまったく違う気持ちなのだろうが。

「愛華……」

孝介の声が聞こえて、はっと顔を上げる。

そこには、仕立てのいいスーツを着こなした孝介が立っていた。スーツ姿の彼を見たことがないわけではないが、こういう場所で見ると、いつもより素敵に見えた。

何故なのだろう。自分がデート気分だからだろうか。

実際、デート相手が孝介のような男性なら、女性はみんな鼻高々になるに違いない。

「待たせてしまったね」

「ううん。そんなに待ってないわ」

愛華が立ち上がると、孝介が好ましいものを見るような視線で見つめてくる。

「いいね。大人っぽくて綺麗だ」

まさか褒められると思っていなかった愛華は、ぽっと頬を赤らめる。

「あ、ありがとう」

ぼそぼそとお礼を言う愛華に、彼は微笑んだ。

「このホテルの最上階にあるフレンチを予約したんだ」

彼に促されて、愛華はぼうっとなったままエレベーターに乗った。そして、最上階に着くと、レストランに足を踏み入れる。

夜景が見える窓際の席に案内されて、愛華はなんだか夢を見ているみたいな気分になってきた。

だって、信じられないくらいロマンティックだから。

孝介にとっては普通のことかもしれないが、愛華にとってはそうではない。フレンチも高級な店も、父や淑子に連れていってもらったことがあるものの、いずれもランチだ。夜景が見える店でディナーをいただくなんて、今までに経験したことがない。

メニューを見ても、よく判らないので、注文は孝介に任せる。

やがて、グラスにシャンパンが注がれた。

こういう店は照明が薄暗く、キャンドルに火が灯《とも》してあって、余計にシャンパンが泡立っているのが美しく見える。

「乾杯」

グラスを少し掲げて、それから口に含んだ。しゅわしゅわと泡が口の中で弾《はじ》けて、愛華はこのムードに酔いそうになってくる。

だから、これはデートじゃないんだってば。

「あの……話って？」

孝介はじっとこちらを見つめてくる。

「この間のこと、ちゃんと謝ろうと思ってね」

愛華の頬は急に熱くなってくる。

この間のこととは、もちろんあのキスのことだ。

「謝る、なんて……。わたし別に……」

気にしてないなんて言ったら嘘になる。愛華はとても気にしていた。孝介のことも気になって仕方なかった。

「いや、してはいけなかったんだ。少なくともあんな形では」

どういう意味だろう。あんな形というのは、怒りに任せて唇を重ねたことだろうか。そうでなければキスしてもいいというふうに聞こえて、ドキッとする。

「ずっと謝ろうと思っていたんだ。本当に悪かった」

「そんな……。もういいわ」

頭まで下げられて、愛華は慌てて止める。

「同じ家に住んでいるんだし、親に心配をかけるのもよくない。僕達はもっと仲良くしたほうがいいと思うんだ」

ずっと避けられている気がしていたが、仕事が忙しいだけだったのだろうか。それとも、本当は避けていたが、思い直して仲良くしようと考えたのか。

いずれにしても、愛華が反対する理由はなかった。

「そうね。わたしもそう思う」

「よし。これからはもっと一緒に出かけたりしよう」

「えっ……」

今までの話の流れだと、兄妹として仲良くしようという話ではなかったのか。兄妹なら、家の中で楽しく話をするくらいでいいような気がするのだが。

「嫌かな？」

「そんな……もちろん嫌なんかじゃないわ！」

嫌だと思われては大変だ。愛華は慌てて否定した。

彼はにっこりと笑い、シャンパンをまた口にする。

「よかった」

「で、でも……。あの、カ、カノジョとかいるんでしょう？　その方に悪いわ」

彼に恋人がいるかどうか探っているみたいな言い方で、なんだか恥ずかしくなって、目を伏せる。シャンパンを飲んだせいなのか、顔が余計に火照ってくる。

「いや、カノジョはいないよ。だから、そんなことは気にしなくていい」

愛華はほっと胸を撫《な》で下ろした。

彼のような素敵な外見を持つ男性に恋人がいないなんて信じられないが、たぶん今がたまたまいない時期なのだろう。

だとしたら、今だけ恋人気分でいてもいいかな。

彼には迷惑かもしれないけれど、それは愛華の心の中だけのことだから。

料理が出てきて、二人は食事を始める。

家では家政婦が料理をしてくれるが、いつも特別凝った料理が出てくるわけではない。一般の家庭料理だ。だが、こんなフレンチやらイタリアンやらが毎日出てきたら、たちまち飽きてしまうと思うから、飽きない家庭料理が一番だ。

高級レストランでのコース料理なんて、たまに食べるからいいのだろう。

愛華は見たことがない料理が出てくるのが楽しくて仕方なかった。それに、こうして一緒に食事をしていると、孝介は意外と話しやすい。

というより、彼はその気になれば相手をリラックスさせることができる話術を持っているようだった。

さすが大企業の社長……。

いろんな人とこうして食事をしてきたから、そういう技術が身についているに違いない。そう考えると、やはり二人で一緒に食事をすれば仲良くなれるのだろう。

デートみたいに思うほうがおかしいのだ。

愛華は次第にリラックスしてきた。シャンパンの後に、ワインを飲んだからかもしれない。元々、あまりアルコールには強くないほうだ。少し感覚が鈍くなり、頭がぼんやりしてくる。

だからといって、酔っ払っているわけではないが。

孝介は子供だった頃のいたずらの話をして、愛華を笑わせた。

「孝介さんに、こういう面があったなんて」

「こういう面って？　いたずらをしていたこと？」

「そうじゃなくて、笑わせてくれる人だって思わなかった。真面目な人って思っていたから」

彼はクスッと笑った。

「第一印象が悪すぎたんだろう？」

「あのときはお母さんを守ろうとしていたんでしょう？　わたし、お父さんの女癖が悪いって聞いて、ショックだったわ」

「ああ……。ショックを与えてしまったのか。そういうつもりじゃなかったんだが」

あのとき彼は、愛華のことを父の愛人だと思い込んでいたのだ。だから、さっさと追い返すことだけにこだわっていた。愛華の気持ちなど、どうでもよかったに違いない。

「でも、お父さんと淑子さんはすごく仲がいいのに……何故？　二人が一緒にいるところを見ていると、とてもそんなふうには見えないけど」

「それがたまに若い女性に夢中になってしまうんだな。僕が知っているだけで、二人いた。どちらも、別れるときに揉《も》めて、金で片をつけたんだ。というより、金を請求された。すったもんだしたから、母にはばれてしまうし、さんざんだった」

「ああ……そうだったのね」

だから、愛華にお金の話を持ち出したのだ。あのときの孝介は、一刻も早く追い払いたがっていた。

「孝介さんはお母さん思いなのね」

「マザコンではないつもりだが、うちの母もシングルマザーだったからね。苦労しているから、余計な心労はかけたくないんだ」

「淑子さんがシングルマザーになったのは……いつから？」

立ち入った質問かもしれないが、思い切って訊いてみると、彼は一瞬遠い目をした。

「僕がまだ幼かった頃だ。父は暴力を振るう男でね。時々、自分が父の血を引いているということが、怖くなってくることがある。いつか自分も父のようになるんじゃないかと思って」

「そんなことあるわけないわ！」

愛華はきっぱりと否定した。

キスされたときも、大して乱暴だったわけではない。ただ、突然のキスで、愛華が身動きできなかっただけのことだ。

「そう思ってくれるなら……嬉しいよ」

彼は優しく微笑んだ。それは少し憂《うれ》いを含んだような微笑みで、愛華の言ったことをそのまま受け止めてくれたのではないとすぐに判った。

彼の心には何かわだかまりみたいなものがあるんだわ。

だから、実の父ではなく、今の父に過剰に思い入れがあるのではないだろうか。彼は淑子を守りたいだけでなく、父に対しても非常に尊敬の念を抱いているから、愛華と最初に会ったとき、金で片をつけて追い出そうとしたのではないかと思う。

きっと父を煩《わずら》わせないように。

「淑子さんがシングルマザーだったなら、孝介さんとわたしの間にも共通点が少しあったみたいね」

「そうだな」

今度はにこっと笑ってくれた。

「君のお母さんも苦労したんだろう?」

「たぶんそう……。わたしが子供の頃にはまだ祖父母がいてくれたから、楽だったと思うの。でも、突然の事故で亡くなって……」

彼は『事故』の一言に顔を曇らせた。

「事故だったのか……」

「いつもお世話になっているから、たまの連休には二人で旅行でも行ったらって、母が……。仲良く車で出かけたら、高速で追突されたのよ」

「そうか……」

彼の表情は硬く強張っている。どうして彼がこんな反応を示すのか理由を考えてみて、愛華はやっと思い当たった。

「確か、お兄さんが事故で追突されたって、淑子さんに聞いたけど……」

「……そうだ。あれも突然のことだった。朝、いつもどおり出かけたのに、そのまま帰らぬ人になってしまった」

孝介の声はいつものとおりだったが、表情がそれを裏切っている。

こんな話題を選ばなければよかった……！

彼にこんなつらい顔をさせたくない。愛華は彼を慰めたい気持ちになってしまった。とはいえ、子供にするみたいに頭を撫でたり、背中を擦ってあげたりはできない。

「わたし達……同じ思いをしてきたのね」

正確にはそうではないだろうが、似たような経験をしている。そう思うと、こうして話をしたことも無駄ではなかった。少し判り合える部分が出てきたからだ。

「本当にそうだ」

彼は気持ちを切り替えたように、ふっと笑った。

今まで見たことがないような温かい笑みで、愛華は目を瞠《みは》った。

彼への気持ちが深くなっていく。必要以上に、彼を好きになってはいけない。デートのようなことをしていても、二人は決して恋人同士ではないのだから。

でも……。

この気持ち、本当に止められるの？

愛華は胸の中に熱く燃えるものを、なんとか抑えこんで、ワインを口にした。

それから、二人はよく待ち合わせをして、食事を共にするようになった。

食事だけでなく、休日にはドライブにも連れていってもらった。いかにも外車という感じではないものの、よく見ると外車で、きっと値段の高い車なのだろう。彼はそれを自慢するでもなく、愛華を助手席に乗せて、海辺のレストランに向かった。

やっぱり、これはデートにしか思えなくて……。

二人は兄妹なのだと何度も自分に言い聞かせないと、愛華は孝介を、恋人を見るような目で見てしまいそうだった。

わたし、孝介さんが好きになりそう。

いや、たぶん好きなのだ。だが、その『好き』の種類を突き詰めて考えてはいけない。これが恋愛に発展したら、泣きを見るのは自分に違いないと思うからだ。

彼の笑顔に何か違うものを期待してしまう。

たとえば、キス……。それ以上のこと。

夜になると、ベッドの中で思わず自分の唇に触れてみる。あのときの唇の感触を思い出し、もう一度だけでいいからまたキスをしてほしいなんて考えた。

もちろん……それはいけないことだけど。

あれは忘れなくては。

そう。最初からなかったことなのよ。

気がつくと、二人で会うようになって、もう二週間も経っていた。今夜は父と淑子が別荘に出かけている。いつものように愛華も孝介と待ち合わせをした。

今日は料亭とまではいかないが、格式が高そうな和食の店に連れていかれた。

案内されたのは個室で、畳の間だった。

「こんなお店、初めて……。わたし、旅館にも泊まったことがないから、こんなふうに食事をするのも初めてよ」

落ち着いた空間で、テーブルを挟んで向かい合う。愛華は向かいに座る孝介を見て、クスッと笑った。

「どうして笑うんだ？」

彼は怪訝《けげん》そうな顔をする。

「なんだかお見合いみたいって思ったの。ドラマでこういう場面、見たことない？」

「ああ、なるほど……。親も仲人《なこうど》もいないが、そういう雰囲気があるな」

彼も柔らかい笑みを見せた。

ずっとこうして会っているうちに、二人はずいぶん親しくなっていた。少なくとも、以前のような緊張やらよそよそしさはない。愛華も彼に言いたいことがずいぶん言えるようになっていた。

「親といえば、お父さんも淑子さんも、わたし達がやたらと会っていることをなんと思っているのかしら」

「兄妹仲良くしていると、ほっとしているんじゃないか？　前に言われたんだ。おまえ達は少しよそよそしすぎると」

父にそう言われたから、愛華と仲良くしようと決めたのだろうか。愛華はそれを聞いて、がっかりした。

いや、がっかりするのは間違っている。最初から、兄妹の仲を深めるための食事だったはずだ。デートとは違うのだから、彼が父に言われて食事に誘ったからといって、どうこう思う必要はないだろう。

やがて、料理やお酒が運ばれてくる。

とっくりに入った熱燗《あつかん》の日本酒で、愛華は少し気取って孝介のおちょこに注いだ。こんな経験は初めてで、これだけで大人の女性になった気がする。彼も愛華のおちょこに注いでくれて、二人でぐいっと飲んだ。

「日本酒って、こんな味なのね！」

「飲んだことなかったのか？」

「美容師の仲間とたまに飲んでいたけど、だいたいビールとかチューハイとかカクテルばかりよ。行く場所も居酒屋だし」

実を言うと、シャンパンやワインも、杵築家で行われたパーティーで初めて飲んだくらいだ。

「こういう上品なお店でこんなおいしいお料理が食べられて、こんなふうに落ち着いて日本酒を飲めるなんて、すごく幸せ……」

「君はいくらだってこんな機会が持てるよ。杵築家の娘なんだからね」

確かにこのまま暮らしていれば、そういうことになる。

でも……。

「お父さんはすごくわたしのことを可愛がってくれて嬉しいけど、少し過保護だと思うの。わたしが仕事をしたいと言ったら、すごく反対するのよ」

「たぶん二十二年間の償《つぐな》いをしたいんじゃないか？　知らなかったとはいえ、君を放置していたことになるから」

「もう充分なのに……」

愛華は娘として認知され、家にも迎え入れてもらえた。服も含めて、いろいろ買ってもらったものもある。自分には過ぎた幸せのように思えてくる。

「君は本当に欲がないいな」

「別にそんな聖人じゃないわよ。でも、いつまでも父親に甘えて、遊んでばかりなんて。仕事をして、そのうち一人暮らしをするつもり……」

「なんだって？」

急に大きな声を出されて、愛華は驚いた。彼も自分がつい大声を出してしまったことに気づいて、ばつの悪そうな顔になった。

「すまない。驚かせたね。だが、驚いたんだ。仕事だけじゃなく、一人暮らしをするつもりだったなんて思わなかった。まさか家に居づらいとか、居心地が悪いとかじゃないよね？」

「そんなわけないわ！　お父さんも淑子さんもすごく優しくしてくれるし……。ただ、最初からそう思っていたの。父親と親しくなりたい、親戚に会いたいと思っていたけど、元々、それ以上のものは求めていなかった。突然やってきて娘面するなんて、財産目当てみたいじゃない？　わたしはそうじゃないし……。だから、いずれ一人暮らしをして自立しようって思っていたの」

孝介はギュッと眉を寄せた。

「それは……僕のせいだね？　最初、君を金目当ての愛人だと誤解したし、その次は本当の娘かどうか鑑定するように言い張ったから……」

「それは当然のことよ！　孝介さんはお父さんや淑子さんを守ろうとしたんでしょう？　それは判っているの。孝介さんのせいじゃない。わたしには……所詮、庶民の生活が似合っているのよ。でも、今だけこうして幸せで裕福な暮らしをさせてもらっている。シンデレラの気分になれて、とても幸せよ」

「君は……」

孝介は言葉を途切れさせて、何か眩《まぶ》しいものを見るような眼差しになった。そして、愛華の顔をただ見つめてくる。

「君はシンデレラなんかじゃない。本物のお嬢様なんだよ。父さんの本当の娘なんだから。もう二度と元のように淋しい生活をする必要はないんだ」

彼に諭すように言われて、愛華は戸惑った。

「でも……」

「本当は淋しいのは嫌いなんだろう?」

図星だった。愛華は躊躇いつつ頷く。

「だけど、ずっとこのままではいられないわ……」

「いずれはね。形態を変えていかなければ」

「形態って?」

日本酒で酔ったのだろうか。孝介の言っていることの意味がよく判らなかった。

「それはまた改めて話そう。まずは料理を味わおうか」

「そうね!」

話はいつでもできるが、この料理を味わえるのは今だけだ。二人は料理の感想を言い合いながら、食事を楽しみ、お酒を酌《く》み交わした。

今まで和食にはあまり興味はなかったが、ここの料理は好きだ。孝介のお気に入りの店なのだろう。彼はレストランをたくさん知っていて、その中の選《よ》りすぐりの店に愛華を連れていってくれるのだ。

こんなお義兄《にい》さんがいるなんて、わたしはとってもラッキーなのね。

食事が終わる頃には、いつになく愛華は酔っていた。自分ではそれほどでもないように思っていたが、店を出るために立ち上がったとき、脚がふらついていることに気がついた。

「やだ。酔っ払うなんて思わなかった！」

「大丈夫か？」

彼は愛華の傍にさっと寄ってきて、肩に手を回した。

身体が密着して、ドキッとする。肩に回された彼の手の感触を、妙に意識してしまう。

わたしったら……。彼は義兄《あに》なのよ。

愛華は彼にしなだれかかりたくなる気持ちをぐっと堪《こら》えた。

孝介は店の人に呼んでもらったタクシーに愛華を押し込み、自分も乗ってきた。車が動き始めると、愛華は少し眠くなってくる。

ダメよ。寝てしまったら、彼に迷惑がかかるわ。

そう思いつつ、急速に襲ってくる睡魔に勝てなかった。孝介が気遣ってくれて、自分の肩に寄りかかるようにさせてくれたから尚更《なおさら》だ。

彼の肩はとても気持ちがよくて……。

愛華は自然に目を閉じてしまった。

目が覚めたとき、タクシーは停まっていて、孝介が料金を払っているところだった。

「……起きたのか?」

「ごめんなさい。眠っていたみたい」

二人はタクシーを降りると、門扉を開いて、中に入っていく。愛華の足取りはさっきよりずっとしっかりしているのだが、孝介が肩に手を回してくれるので、そのまま寄り添って歩いた。だって、彼の温《ぬく》もりが好きだから……。

酔ったふりをしていても本当はちゃんと歩けるから、仮病のようなもので、少し後ろめたい気分になってくる。

家の中に入ったところで、孝介は愛華を玄関の上り口に座らせ、靴を脱がせようとしてくれる。そのときになって、彼に迷惑をかけていることに気づいて、真っ赤になって立ち上がった。

「ごめんなさいっ。もう大丈夫だから!」

孝介は驚いたように目を瞠り、少し乱れた前髪をかき上げた。

「そんなに酔っていなかったんだな?」

「その……優しくしてもらって嬉しかったから。車の中で少し眠ったのがよかったのね」

頭の芯はまだはっきりしていないが、もちろん一人で歩ける。彼にもたれかかっていたかったのだとばれて、とにかく恥ずかしかった。

「愛華……」

孝介に頬をそっと撫でられて、ドキッとする。

彼の眼差しはなんだか熱っぽい感じで、愛華は目を離せなくなっていた。

端整な顔が近くにある。まるでキスするような距離に。

愛華はキスしてもらいたかった。甘ったるい雰囲気のある今ならしてもらえるかもしれない。

そして、さっきみたいに肩を抱かれて、温もりを感じたい。

そんな気持ちが伝わったかのように、彼は愛華の肩に手を滑らせた。それから、すっと顔を近づけ、唇を重ねてくる。

ああ……。

愛華の胸は感動に震えた。

この間の少し乱暴なキスとは違う。優しく甘いキスだ。だが、唇を合わせただけではない。

舌がそっと差し入れられ、ドキリとする。

やがて、二人の舌は絡み合って……。

愛華もいつしか彼の背中に手を回していた。

二人はしっかりと抱き合い、口づけを交わしていく。

わたし……幸せ。

こんなふうに彼にずっとキスしてほしかった。最初にキスされたあの夜からずっとこれを求めていたのだ。

どうしよう。わたし、孝介さんが好き。妹としてではなく。

その気持ちをずっと抑えつけ、堪えていたが、今はごまかしきれなくなっていた。よくないことだと判っていても、もう止められない。

けれども、キスをずっと続けているわけにはいかない。彼はやっと唇を離したが、愛華の身体は抱いたままだった。

互いの鼓動が伝わっていて、なんとも言えない気分になってくる。ひょっとしたら、このまひとつに溶け合ってしまうのではないかという気がしてくるのだ。

「愛華……」

彼は愛華の髪に優しく触れた。

「僕の部屋に来ないか？」

それは……どういう意味なの？

いろんな考えが頭に浮かぶが、愛華はそっと頷く。

わたし、もうどうなってもいいの……。彼と一緒にいたい。その願いが叶《かな》えられるのなら、なんでもいいわ。

二人は靴を脱いで、階段を上がっていく。

愛華の頬は燃えるように熱かった。

孝介の部屋に入ったのは初めてだった。

愛華の部屋より広いかもしれない。けれども、じっくり観察する暇もなかった。薄手のコートを脱いでいると、性急に抱き寄せられて、キスをされたからだ。

愛華も夢中になって、キスを返した。舌が絡まり、身体が蕩《とろ》けていきそうになる。

好き……。好きよ。愛してる。

愛華はその気持ちを込めて、一心に口づけを交わしていた。

本音では、ずっと妹としてではなく、一人の女性として接してほしかったのだ。兄妹仲をよくするための食事会ではなく、恋人同士のデートとして考えたかった。

そう。ずっと……ずっとこうしてほしかったの。

「……灯《あか》りはベッドサイドのランプだけにしようか？」

耳元で囁かれて、身体が震えた。

彼が言っているのは、わたしが思っているようなことなの？

こんな経験は初めてだから、よく判らない。けれども、煌々《こうこう》とした灯りの下より、もっとロマンティックなほうがいい。

小さく頷くと、彼は愛華を抱き上げて、ベッドに連れていった。

ダブルベッドだ。そこに下ろされたかと思うと、孝介はベッドサイドのほのかな灯りだけにしてくれた。

彼はスーツの上着とベストを脱ぎ、ネクタイを解いた。時計も外して、白いワイシャツのボタンをいくつか外す。

今の彼はいつもよりずっと色っぽく見えてくる。

彼は愛華に覆《おお》いかぶさるようにして抱き締めると、またキスをしてきた。ベッドの上でするキスはとても刺激的に思えて、くらくらしてくる。

ワイシャツ越しだと、彼の体温がさっきよりもっと伝わってきて、幸せな気分になった。

好きな人とこんなふうに抱き合えるなんて……。

彼の手が愛華の身体をまさぐっている。もちろん、こんなことをされたのは初めてだった。

けれども、彼にならどんな場所でも触られていいと思ってしまう。

ううん。そうじゃないの。彼に触れられたいの。

もっと……。もっと。

ワンピースの上から胸に触れられる。布越しなのに、愛華の胸は敏感に反応して、ビクンと震える。彼はそれに気づいて、掌《てのひら》でそこを包み込むように撫で回した。

「あ……ん……」

唇から甘い声が洩《も》れる。

自分の声が恥ずかしいのに、妙に色っぽい気分にもなってくる。

彼の手は胸だけではなく、腰のほうにも伸びていく。それから太腿《ふともも》にも。ワンピースの裾がまくれ上がっていたが、彼は気にせず、その裾の中へと手を差し込んできた。

ストッキングを穿《は》いているが、その下は下着だ。愛華は本能的に両脚をギュッと閉じた。だが、彼がストッキングの上から下着のラインを指でなぞってくるので、たちまち脚の力が抜けていく。

「これ、脱ごうか」

「え……」

孝介は愛華の上半身を起こすと、背中を支えるようにしながら、片方の手でストッキングをするすると脱がせてしまった。

それだけでなく、ワンピースの後ろのファスナーも下ろしていく。

たちまち身につけているのは、スリップとブラジャーとショーツだけになった。恥ずかしいけれど、身体はまだ少し隠れている。彼は愛華の背中に手を回したまま、右手をブラの中にすっと忍び込ませた。

「あぁっ……」

驚いたものの、ごく自然な動作だった。今、彼の手に自分の乳房が包まれている。ゆっくりと手が動かされて、敏感な乳首が彼の掌に擦られていく。

たちまち甘美な感覚が込み上げてくる。

愛華は気恥ずかしいのもあって、目を閉じた。

胸に触れられただけで、こんなに気持ちよくなってしまうなんて……。

彼の指がふと乳首に触れる。ビクンと身体が反応を示すと、指の腹でくるくると回すように弄《いじ》られた。

やだ。なんだか変……。

触れているのは胸なのに、何故だか身体の奥のほうがムズムズしてくる。乳首を指で摘まれ、愛華は思わず腿《もも》を擦り合わせた。

彼はそれを見て、今度は愛華の内腿に手を滑らせていった。

「ダ、ダメ……」

小さな声で呟くように言ったものの、彼は無視している。ショーツの上から大事なところに触れられて、身体が震えた。

怖いわけではない。ただ、そこに触れられると、気持ちがよすぎて……。

ゆっくりと秘部を指で愛撫《あいぶ》される。布越しではあるが、まるで直接触られているように感じてしまう。内部からじゅんと熱いものが溢《あふ》れ出してくるのが判り、愛華は赤面した。

「恥ずかしいの……」

「反応してる君が可愛くて仕方ないよ」

耳元で囁かれ、耳朶《じだ》を唇で挟まれる。噛《か》まれたわけではないが、秘部への愛撫と相まって、愛華はたちまち快感の渦に巻き込まれそうになった。

わたし、もうどうなっているの？

自分の状態がよく判らない。

ただ、彼に愛撫されて、自分は身体の反応に翻弄《ほんろう》されている。

でも、これが嫌だというわけではない。それどころか、彼の指先に神経を集中して、ただ快感に酔いしれていく。

彼は指をショーツの横の部分から中へと滑り込ませていった。

た。

「やぁ……ぁ……っ」

秘部に直接触れられている。愛華は彼の指をそこに感じて、その部分が蕩けてくるのが判った。

恥ずかしいのに、もっと触ってもらいたくなってくる。

彼の指が秘裂をなぞり、指先が少し花弁の中へと入ってきた。怖いけど、彼になら、もっと愛撫してほしいとも思う。

もちろん自分からはねだったりできないけれど……。

愛華は言葉で伝える代わりに、彼の身体に擦り寄っていった。すると、彼が顔を近づけてきて、唇を貪《むさぼ》る。

キスをされながら、秘部を弄られている。身体は熱くてたまらなくて、愛華はすがるように一心にキスを返した。

これから、どうしたらいいのだろうか。ただ、わけも判らず、身体の熱を持て余している。

男女の交わりについて、知識は持っているつもりだが、こんなことは初めてで、自分の身体の反応にどう対処していいかも判らない。

ただ、彼に愛撫されるのは好きだ。彼でなければ、こんなことは許さなかった。

そう。孝介さんだけなの……。

彼が愛《いと》しくてならないから、身体を触れ合わせたい。それは本能的な欲求だった。

唇が離れると、彼がそっと囁く。

「脱いでみようか」

「え……」

許可を求めるように言いながらも、彼は有無を言わせず愛華の上半身を隠していたスリップを脱がした。そして、可愛いレースの飾りがついたブラを外す。

たちまち、ほっそりとした身体つきに似合わぬ大きめの乳房が現れた。ピンク色の乳首が硬く尖《とが》っていて、さっきより敏感になっているような気がした。

ブラとお揃いのショーツにもレースの飾りがついている。彼はそれに手をかけ、ゆっくりと下ろしていく。結局、愛華もそれを手伝うかのように脚を動かし、ショーツは足首から抜かれていった。

一糸まとわぬ姿となった愛華は、今更だが羞恥心を感じて、丸い乳房を隠すように胸の上で腕を交差させた。

「隠してほしくないな」

「だ、だって……」

見られたからには、隠しても同じことなのだが、急に恥ずかしくなってしまったのだ。

「君の身体が見たいんだ。もっと触れたいし……もっとキスしたい」

甘い囁き声に抵抗なんかできない。いつしか、愛華は腕を下げていた。すると、彼は愛華をベッドに寝かせた。上から覆いかぶさるようにして、額《ひたい》にキスをする。

額、鼻、唇、顎と唇を柔らかく押しつけ、それから耳の下、首筋へと唇を滑らせていく。そして、胸の中央にキスをした。

ドキンと胸が高鳴る。

まるで……ハートにキスされたような気がして……。

夢見がちな女の子ではないと思いつつも、バージンだから、少しくらい夢見てもいいじゃないかとも思う。

両方の乳房を外側から内側へと持ち上げられ、左右交互にキスをされた。乳房にも乳首にもキスをされ、特に乳首は彼の唇に含まれた。

舌で転がすように愛撫されて、愛華は思わず甘い声を洩らした。刺激されている胸だけでなく、秘部がまた潤ってくるのが判る。

気持ちよく感じる場所は繋がっているのだろうか。そう思ってしまう。胸を弄られれば弄られるほど、何故だか秘部のほうにも触れてほしくなってくるのだ。

愛華が切なげに身をよじったとき、彼は唇を離した。そして、愛華の感じ入った表情を見て、ふっと笑って、太腿を撫でる。

「こっちも？」

そんなことをわざわざ訊くのは意地悪だ。愛華は返事ができずに頬を真っ赤に染めた。

「そんな顔をして……君が可愛くてならないよ」

彼はそう言うと、身体を下にずらすと、改めて愛華の太腿に両手をかけた。そして、左右に開いていく。

「や……やぁっ……やだ！」

愛華は脚に力を入れようとしたが、強引に開かれてしまう。

まさかそんなふうに見られるとは思わなかった。もちろんベッドサイドのほんのりとした灯りしかついていないが、それでも、脚を広げた格好を見られるのは恥ずかしい。

「本当に……なんて可愛いんだろう」

彼は広げた脚を押し上げたかと思うと、その狭間《はざま》に顔を近づける。愛華がはっと息を呑《の》んだが、彼は構わず秘部に舌を這《は》わせた。

敏感な部分を重点的に舐《な》められて、愛華の身体はその度にビクビクと震えてしまう。

快感が全身を走り抜け、制御ができない。頭の中はカッと熱くなっていて、それが恥ずかしいせいなのか、それとも快感のせいなのかが判らなくなっていた。

でも……気持ちいいの。

それは事実だった。どんなにごまかそうとしても、ごまかしきれない。何より身体の反応がそれを証明している。

彼は顔を上げると、秘裂を指でなぞった。内側から蜜がどっと溢れてきて、彼の指を濡《ぬ》らす。

彼はそのまま指をそっと内部へと差し入れた。

「あ……」

少し痛みを感じる。だが、また敏感なところを舐められると、痛みが快感でかき消されていくようだった。

彼の指の存在を内部で感じる。彼は何度も指を動かし、愛華にそれを慣れさせているみたいに思えた。

やがて、指の刺激も快感に変わっていって……。

愛華は内部と外側を同時に愛撫されていき、快感も二倍になった。身体の熱はだんだんと高まっていって、それはもう我慢しきれないほどになっていた。

わたし……どうなってしまうの？

気持ちがいいのか、苦しいのか、もう判らない。

ただ、炎のように熱いものが身体の芯にあり、それがぐっとせり上がっていくのが判った。

もう……ダメ！

愛華はギュッと強く目を閉じた。その瞬間、電流のように炎が全身を駆け抜けていく。

「あぁぁっ……！」

身体を強張らせ、絶頂を感じる。信じられないほどの快感が愛華を満たし、しばらく脱力していた。

気がつくと、孝介が身体を起こしている。自分の痴態を余すところなく見られていたかと思うと、恥ずかしくてたまらない。

孝介は愛華と目が合うと微笑み、服を脱ぎ始めた。

彼も……脱ぐの？

ぼんやりと見ているうちに、彼の肌が露《あら》わになっていく。引き締まった身体が目に入ると、ドキドキしてくる。

わたしの愛する人……。

筋肉質だけれど、しなやかな身体つきで、目が離せない。しかし、彼が最後の一枚を脱いだときは、思わず目を伏せてしまった。

「愛華……」

身体を抱き締められて、肌が触れ合う。体温や滑《なめ》らかな肌触りに、愛華はうっとりする。このまま彼の身体に包まれていたい。

キスをされ、舌を絡ませる。彼の情熱が感じられて、愛華は再びその渦に巻き込まれていった。

再び秘部に触れられて、快感が湧き起こってくる。容易《たやす》く彼の愛撫に屈してしまうが、愛華はそれが嫌ではなかった。

すべて彼の思いのままになりたかった。

ううん。孝介さんのものになりたいの。

わたしをすべて彼にあげたい。その気持ちが盛り上がっていく。

彼はいつの間に用意していたのか、避妊具をつけ、愛華の脚を広げた。彼の股間のものが秘部に当たる。ドキッとするが、逃げるつもりはなかった。

痛みはあるかもしれないが、覚悟の上で、彼に抱かれたかった。

愛する人のものになりたい。その一心で。

やがて、彼が腰を徐々に落としていく。痛みが走るが、愛華は彼にしっかりとしがみついた。

もう……いいの。わたしを好きにしていいから。

やがて、彼がぐっと押し入った。

「あ……っ」

彼のものが愛華の奥深くまで埋まった。

痛みは消え、愛華は目を開ける。

「ごめん……」

彼は愛華の目に溜まった涙を指でそっと拭《ぬぐ》った。彼の真面目さや優しさがじんと胸に沁《し》み込んでくる。

「いいの。もう……本当よ」

愛華が囁くと、彼は小さく笑い、口づけてくる。

わたし達……ひとつになったわ。

愛華は彼の背中に手を回した。身体は重なり、彼の体温がそのまま伝わってくる。ひとつになったまま、二人で溶けていきそうなくらいだ。

幸せ……。

愛する人と結ばれた。その喜びで、愛華の胸はいっぱいだった。

やがて、彼が動き始める。最初は愛華の身体を気遣うようにゆっくりと動き、やがてそのスピードは増していく。

彼のものが愛華の内壁を擦っている。奥まで突き当たると、小さな快感が生まれた。やだ。わたし……また感じてる。

る。

快感に終わりはないのだろうか。彼の動きが刺激となって、愛華の身体の芯は熱くなってくる。

「あん……あっ……あ……」

甘い声がひっきりなしに続いて、愛華は悶《もだ》えるように腰を動かした。そうすることで、彼もまた感じているようだった。

喘《あえ》ぎ声と弾む息が交じっている。

愛華はもう我慢できなくなって、彼にしがみついた。彼もまた愛華をしっかりと抱き締めてくる。

「もう……もう……あぁぁっ……！」

身体を震わせ、再び絶頂を迎えた。同時に、彼も愛華の奥までぐっと腰を押しつける。軽い呻《うめ》き声《ごえ》と共に、彼も昇りつめたのが判った。

鼓動が速い。息が荒い。とても熱くてたまらない。

それでも、二人は余韻が去るまで、そのままきつく抱き合った。


孝介は身を起こすと、愛華の髪を一度だけそっと撫でて、すぐにバスルームに向かった。

愛華は彼が無言だったことが気になった。別に甘やかしてほしいというわけではないが、何も言われなかったことで、彼がこのことを後悔しているのではないかと思ったのだ。

愛華は愛する人と結ばれて、とても幸せだったけど……。

ふと、自分は別に孝介に告白されたわけではないことを思い出した。

愛華の常識としては、これは愛し合う男女がする行為だ。しかし、誰もがそうではない。父のような女癖の悪い男性だっている。父が母のことをどう思っていたのかは知らないが、愛がなくても抱き合うことはできるのだ。

もちろんわたしは無理だけど、孝介さんは……？

彼はどういうつもりでわたしを抱いたの？

急に不安になってくる。二人の仲はとてもいい感じになっていたし、デートみたいに食事を重ねていれば、恋人気分にもなってくる。愛華は彼も自分と同じ気持ちになってくれたものと解釈していたのだが、無言でバスルームに去られると、なんだか気になる。

孝介は全裸のまま出てくると、タオルを手にしていた。

「拭いてあげよう」

彼は湯で濡らしたタオルで愛華の身体を拭いてくれる。さっき無言だったことは、あまり意味はないのかもしれない。秘部まで丁寧に拭かれて、愛華は顔を赤らめた。

「まだ痛い？」

「……ううん。もう大丈夫」

彼はやはり愛華を気遣ってくれている。たちまち胸の中が温かくなってきた。

よかった……。

彼には愛情なんてないんじゃないかと思ってしまうところだった。

本当によかった。愛なんかないのに、身体だけの関係なんて続けられない。そんなことをして、もし別れたら、自分達は一体どうなるのか。

だって、もう兄妹には戻れないんだから。

愛華は孝介を一人の男性としてしか見られなかった。

彼はタオルをナイトテーブルの上に置いて、もう一度、愛華の隣に寝そべった。そして、愛華の肩を抱き寄せる。

温かい肌に包まれて、うっとりしてくる。

彼は愛華の唇に優しくキスをした。

心に少し残っていた不安がたちまち洗い流されていく。

ああ、なんて幸せなの……。

二人が恋人同士になったとして、ずっとそうあり続けるかどうかは判らない。しかし、それでも、今は幸せだった。

「愛華……」

名前を呼ばれて目を開ける。愛華は彼の瞳を一心に見つめた。

「結婚してくれないか？」

「えっ……」

いきなりのプロポーズで、少し戸惑う。

初めて抱かれて、愛華は少し神経質になっていた。愛情があるかどうか、彼がどういうつもりで愛華を抱いたのか、判らなかったからだ。

でも、結婚……。

本当に彼はわたしと結婚したいの？

それとも……。

「責任を感じて、プロポーズしているの？」

「それもあるが、毎日、君とこうしていたいんだ。今まで結婚なんて考えたこともなかったが、君なら……」

「わ、わたしなら……？」

「君に僕の子供を産んでもらいたい」

ドキン。

それは最高の殺し文句だった。

「わたしと……孝介さんの子供……」

思わず呟くと、彼は嬉しそうな笑みを見せた。

「僕と君の子供だ。きっと可愛いだろうと思う」

彼が子供好きだなんて思わなかった。何しろ最初の印象がよくなかったし、それからもいろいろあった。よそよそしいときもあったから、子供好きなんてまったく想像もしていなかったのだ。

「結婚して……ここを出て、マンションに住もう」

「マンションがいいの？」

「どこでもいい。君の好きな場所で、しばらくは二人だけで暮らそう。毎日、君に僕のベッドで目覚めてほしい」

愛華はそんな暮らしを想像して、うっとりした。

二人きり……。

もちろん家政婦もいらない。わたしが朝ごはんを作ってあげたい。お掃除もお洗濯も彼のためにしてあげたい。

愛華の頭の中から一人暮らしも美容師の仕事もどこかに行ってしまっていた。

だって、わたしはもう一人になれない……。

孝介さんとどこまでも一緒にいたいから。

「結婚してくれるかい？」

彼の真剣な瞳を見つめながら、愛華は静かに頷いた。

「愛華！」

ギュッと抱き締められて、彼の喜びが伝わってくる。

こんなに幸せなことがあるかしら……。

幸せすぎて怖いくらい。

愛華は孝介にしがみつき、二人は口づけを交わした。


孝介は愛華を腕の中に抱きながら、後ろめたさを感じていた。

これで本当によかったのだろうか。そんな気持ちが胸に渦巻く。彼女は自分を信頼しきっている。それが孝介に罪悪感を抱かせているのだ。

何故なら、僕は彼女を愛していないから。

最初はそれでもいいいじゃないかと思っていた。父の本当の息子になれる。どうしてもそうなりたい。そのためには、愛華と結婚するのが一番いいのだ。

養子にはしてもらっていたが、孝介の心にはいつもわだかまりがあった。弘泰のようには自分はなれない。少しでも近づきたくて努力して、社長の座にまで上り詰めたものの、それでも足りないと感じている。

彼なら、自分よりもっと上手くやれただろうと思う。そして、父も弘泰であれば、もっと満足しただろうと。

父の本当の息子になる。いや、そうはなれない。けれども、愛華の夫になれば、父と確かな絆《きずな》が結べる。それを狙って、愛華に近づき、デートを続けていた。

彼女には、兄妹として親密になるためだと言い訳をしながらも、あれは確かにデートだ。さり気なく彼女に触れたり、笑顔を向けたりしたのは、彼女を誘惑するためだった。自分に気持ちを向けさせるのが目的だったのだ。

まさか、父が結婚しろと言ったから、結婚しようとは言えない。誘惑して、彼女の気持ちを自分に向けさせるつもりだった。

そして。その計画は思った以上に上手くいった。

愛華の気持ちは完全に自分に向いていて、後《あと》一押しだとは判っていたのだ。だから、両親が出かけて家にいない今日という日を狙ったのだ。

だが、あまりにも上手くいきすぎてしまった。

愛華は……というより、純粋な女性は相手の男を愛していなければ、身体を捧《ささ》げることはなかったのではないだろうか。

そう考えると、自分のしたことがあまりにもひどいように思えてくる。

彼女の気持ちを弄んでいる。

いや、結婚するのだから、弄んでいるとは言えないはずだ。けれども、彼女に愛されているのに、自分は愛していない。それが後ろめたかった。

もちろん、意図的に彼女の気持ちを掴んだことや、結婚の目的が愛なんかではないこともある。

愛は感じていなくても、情熱はある。

けれども、それだけでいいのだろうか。

孝介は彼女の艶やかな髪を撫で、優しくキスをしながらも、胸の中には後悔がよぎっていた。

最初から父に言われたことをさり気なく伝えておくべきだったろうか。しかし、そんなことを告げたら、彼女は絶対にプロポーズを受けてくれなかったと思う。

とにかく、彼女に真実がばれないようにしなくてはならない。

自分も彼女を愛しているように見せかけなくては。

孝介は結婚したら、相手を裏切るつもりはなかったし、離婚などとんでもない。末永く一緒に暮らすつもりだから、ずっと彼女を騙し続けなくてはならない。

それでも、自分はこの道を選んでしまった。

もう後戻りはできない。

幸い孝介は、彼女に対して情熱もあるし、何より守ってやりたいという庇護《ひご》欲も感じている。

可愛くてならないから……。

なんとかなる。

そうさ。なんとかしてみせる。

たとえ、どんなに後悔したとしても。

第四章　幸せすぎる婚約

翌日、愛華は孝介のベッドで目が覚めた。

カーテンの隙間から眩しい光が差し込んできている。今は何時だろう。光の感じから、そんなに遅い時間でないのは判った。

彼はすぐ隣に寝ている。その寝顔を見つめ、愛華は心から幸せを感じた。

二人は結婚するんだわ……！

新婚生活を思い浮かべるだけで、愛華の胸は弾んだ。

結婚すれば、毎日こんなふうに彼の隣で目覚められるかと思うと、嬉しくてならない。愛華は昨夜のことを思い出して、一人で顔を赤らめた。

後悔なんてしないわ。

愛華は身体を起こし、身を乗り出して孝介の頬にそっと唇をつけてみた。彼への愛しさがこみ上げてきて、どうしてもキスしたい衝動に抗えなかったのだ。

彼が唇の感触にようやく目を開ける。

愛華を見て、一瞬、驚いたような表情になったが、すぐに安堵《あんど》したみたいだった。きっと、昨夜の出来事を忘れていて、咄嗟《とっさ》にどうして愛華がいるのかと思ったのだろう。

「もう朝か……」

「そうよ。もう起きなくちゃ。孝介さんは……」

愛華はその続きを言えなかった。いきなり引き寄せられると、唇を奪われたからだ。たちまちシーツに組み伏せられて、熱い肌が重なる。抱きすくめられると、愛華はもう何も言うどころではなかった。

彼と唇を合わせていると、頭の中がぼんやりとしてくる。何も考えられないくらい、彼のことがただ愛しいと感じてしまう。

思わずすがりついたとき、彼は唇を離して、愛華の目を見つめてきた。

「……起きないといけないな」

「でも……」

もう少しキスしていたくて不満を洩らすと、孝介はにっこり微笑んだ。

「誘惑しちゃいけないよ」

「だって、孝介さんがキスをしてくるから」

「違う。君が先にキスをしたんだ」

それはそうだが、愛華のキスは頬にした軽いものだった。情熱に火をつける類《たぐい》ではなかったと思う。

もっとも、男の人がどう感じるかなんて判らないけれど。

とはいえ、確かにもう朝なのに、いつまでも二人でベッドに入っているわけにいかない。この家には家政婦が朝からやってきて、家事をしてくれるからだ。

もちろんプライバシーを尊重して、朝から寝室に来ることはなかったが、やはり家の中に他人がいると思うと、落ち着かないものだ。

彼はベッドから出て、愛華が昨夜来ていた服などを手に取り、渡してくれる。全裸で堂々と歩き回る彼を、愛華は恥ずかしくて直視できず、なんとなく目を伏せてしまった。それに気づいたのか、彼がクスッと笑う。

「もう見慣れたかと思ったが」

「朝だと恥ずかしいわ」

「よく判らないな。君もどうせ服を着替えるんだから、裸のまま部屋に戻ればいいのに」

「そんなの、無理よ！」

いくらこの時間は二階に誰もいないと判っていても、裸で廊下を歩くことなどできそうになかった。

下着は身につけず、とにかく服だけ着ると、ようやくベッドから出た。孝介は服を着ている最中だったが、愛華を見て、ふっと笑う。

「どうして笑うのっ？」

なんとなく馬鹿にされているような気がして、顔が赤くなってくる。

「いつまでも恥ずかしがるなんて、本当に純粋無垢《むく》だったんだなあと可愛くなってくるんだよ」

純粋無垢なんて……。

身体はバージンだったかもしれないが、純粋なんて言葉は自分には似合わない。孝介の引き締まった身体を見ながら、ついつい昨夜のことを思い出しているというのに。

そして、彼にまた抱き締められたいと思ってしまう。キスもしてもらいたい。もっともっと燃え上がりたい。

そんなふうに思う自分が純粋なんかではないと思うのだ。

「わ、わたし……とにかく部屋に戻るわ。後でまた」

こそこそと部屋を出ていく愛華に、孝介が背後から声をかけた。

「遅くても夕方には帰ってくるから」

もちろん、それは父と淑子のことだ。

「そうね……。あの……」

愛華が振り向くと、彼は真剣な眼差しでこちらを見つめていた。

「結婚するという報告を二人でしよう」

彼らの反応が怖いのだが、それでも孝介と結婚するためには、まず越えなくてはいけないハードルだった。

もし祝福してもらえなかったら……。

いや、そんなネガティブな想像をしても、どうしようもない。ひょっとしたら、上手く収まる所に収まるのかもしれない。

愛華は自信ありげな孝介を信じてみようと思った。

だって、彼はなんでもできるすごい人だから。

誰よりも信頼できる人だから。

愛華は孝介の目を見ながら、そっと頷いた。


愛華と孝介は二人揃って、旅行から帰ってきた父と淑子を出迎えた。

淑子は夫と一緒に出掛けたことが嬉しいらしく、かなりご機嫌で、旅行の話をしてくる。彼女はこんなにも夫を愛しているのだと思うと、微笑ましい気分になってくる。父のほうもそんな彼女を優しく見ていた。

もっと愛してあげたらいいのに。

そんなふうにも思うが、愛は強制できないし、父は淑子を大事にしているのだから、口を出すのは間違っているだろう。

でも、片想《かたおも》いはつらいわ……。

ふと、自分はどうなのだろうと思った。愛華は彼に愛してるなんて言われていない。だが、口に出すかどうかなんて関係ない。

あんなに蕩けるような眼差しで見つめてきて、キスをしてくれるのだ。そこに愛がないなんて考えられない。

父と淑子は疲れなど感じさせない様子で、リビングでお土産《みやげ》を渡してくれ、旅行について楽しく話をしてくれた。

愛華は孝介と隣同士でソファに座っていたが、いつ彼が二人の結婚について話をするつもりなのか判らず、少し落ち着かなかった。

もちろん、それは今でなくてもいいのだが。

父も淑子もやはり疲れているはずだ。たとえば明日ゆっくり話をしてもいい。

そう思ったとき、孝介が突然、さり気なく愛華の肩に手を回した。

明らかに恋人同士の親密なポーズだ。少なくとも、義理とはいえ兄妹はこんなことはしない。

淑子がはっとしたようにまじまじとこちらを見てきた。

「もしかして、あなた達……」

孝介は笑顔で頷いた。

「そのとおり。僕と愛華がしばらく外で会っていたのは知っているだろう？　それで……僕達、相性がいいんじゃないかと気がついたんだ」

「まあ、それでっ？」

「昨夜、プロポーズをして、受けてもらえた」

淑子は飛び上がらんばかりに喜んだ。

「嬉しいわ！　前から思っていたのよ。愛華ちゃんなら孝介にぴったりだって。二人とも、おめでとう！」

立ち上がって、身を乗り出した淑子に両手で抱き締められる。愛華はこんなに喜んでもらえるとは想像もしてなくて、驚いた。

「ありがとう……。わたし、てっきり反対されるかと」

「とんでもない！　愛華ちゃんが本当の娘になってくれて嬉しいわ！」

本当の娘……。

いや、正確には義理の娘ということになるのだが、今の立場よりはもっと確かな繋がりができることになる。

愛華もそれが嬉しかった。父には認知されたし、淑子にもよくしてもらっているものの、やはり自分の立場は居候みたいに思っていたからだ。

父は満足げな笑みを浮かべて、孝介の手を握っている。

「よくやった。愛華を大事にしてくれよ」

「もちろんです」

父も祝福してくれているのだ。もう何も心配いらない。孝介と結婚することで、これから自分はいつまでもこの二人の娘でいることができる。

思えば、自分の人生は生まれたときから何かが欠けていた。

仕方がなかったとはいえ、父がいなかったし、育ててくれた祖父母も母もいなくなってしまった。父ができ、義理の母と兄ができたが、この家族の一員であるというふうには、なかなか思えなかったのだ。

孝介と結婚することで、初めてちゃんとした居場所ができたような気がして……。

もっとも、そのために結婚するわけではない。孝介の妻になりたい。やはり、それが一番だった。

愛華も父から両手をギュッと握られた。

「よかった。本当によかった！」

「ありがとう、お父さん……」

「孝介はいい奴だからな。いっぱい甘やかしてもらうんだ」

やはり夫婦になると、恋人同士のときとは違うのだろう。それでも、愛華は結婚生活を夢見ていた。

何より孝介と始終一緒にいられることは嬉しいに違いない。

今の愛華の望みはそれだけだった。早く二人きりで生活したい。父や淑子と一緒に暮らすことが嫌なのではないが、二人でいられる空間が欲しかった。

それに、結婚すれば、いずれ子供ができる。

わたしと孝介さんの子供……。

赤ん坊を抱く自分を想像しただけで、うっとりしてくる。孝介は優しいし、きっといいパパになってくれるだろう。

孝介をそっと見ると、彼も温かい眼差しでこちらを見つめてくれている。

それだけで胸の奥にぽっと灯りがともったような気がした。

「それで、いつ結婚するの？」

淑子はわくわくしたような声で尋ねてきた。孝介は愛華の肩を引き寄せながら答えた。

「式は愛華がまだ喪中だから……。でも、できるだけ早く入籍したいと思っているよ。まず新居を探して……」

「新居？　まさか別に住むつもりなのか？」

父が咎《とが》めるような声を出すと、淑子が呆れたように顔をしかめた。

「まあ、何を言ってるの。新婚なら二人きりでいたいものでしょ？」

父はばつが悪そうな顔になり、咳払いをしてごまかした。

「……そうだな。確かに、おまえの言うとおりだ」

「若い人の気持ちも考えてあげなくちゃ。あなたが愛華ちゃんと一緒にいたいと思うのは判るけど」

「私は……愛華をまだ可愛がり足りないんだよ」

愛華は父がそこまで自分のことを想ってくれているとは思わなかったので、嬉しかった。

「ありがとう……！　でも、わたし、充分可愛がってもらっていたと思うわ。それに、結婚しても、娘であることには変わりはないんだから」

「ああ、おまえはずっと私の娘だ。何があっても、それは変わらない。一緒に住んでいなくても、遊びには来てくれるだろう？」

「もちろんよ。それに、もし子供ができたら、淑子さんにもいろいろ教わりたいし……」

愛華はぽっと顔を赤らめた。

「孫か！」

父はたちまち興奮した顔になった。

「赤ん坊はいいいな。おまえ達の子供なら、きっと可愛いだろう」

淑子もうっとりしたように両手を頬に当てた。

「そうね！　とっても楽しみだわ！　あ、でも、愛華ちゃんはまだ若いから、そんなに焦らなくてもいいわよ。新婚生活を楽しむのが先だし」

子供が欲しくても、すぐにできるとは限らない。淑子はそういったことを気遣ってくれたのだろう。

孝介は愛華の手に自分の手をそっと重ねてきた。

「明日、指輪《ゆびわ》を買いにいこう」

「指輪……」

正直、愛華は指輪のことなど考えたこともなかった。だが、結婚に指輪はつきものだ。

「まずは婚約指輪だが、一緒に結婚指輪も買おう。そして、それから新居探しだ」

彼は本気ですぐに入籍するつもりらしい。

それほどわたしと結婚したいなんて……！

愛華はその気持ちが何より嬉しかった。

わたし……幸せすぎて怖いくらい。父も淑子も祝福してくれて、孝介はこんなにも愛してくれている。

愛華は上目使いに彼を見つめて、微笑んだ。


翌日、愛華は孝介と待ち合わせをして、二人で宝石店に行き、ピンクダイヤモンドの婚約指輪を買ってもらった。

正確に言うと、ピンクダイヤモンドの周りを小さなダイヤモンドが囲んでいる可愛い指輪だ。

そして、結婚指輪も選んで、注文した。

その次の日には物件巡りをして……。

一週間後には、新居となるマンションが決まった。

贅沢なのではないかと思うくらい都心のタワーマンション上階で、二人で暮らすには広すぎるくらいだった。

といっても、孝介は大企業の社長だ。それなりのところに住まないといけないに違いない。父の家は豪邸だが、愛華はずっと居候のような気持ちでいたので、自分の家という感じではなかった。

しかし、新婚生活をこれから送る場所となれば、当然、それは自分の家だ。家政婦もいない。自分が家事をやって、仕切る家庭なのだ。そう考えると、とにかくわくわくしてくる。

二人で話し合って、新居にふさわしいインテリアにするために、コーディネーターを雇うことにした。愛華は今までインテリアなんて考えたこともなかったし、それほど強い興味があるわけでもない。プロに選んでもらえたら、それが一番だし、素敵な部屋になるだろう。

家具や電化製品が入り、あと必要なのは雑貨だけになる。そういった細々《こまごま》としたものを買うのは、自分ですることにした。

孝介と暮らす生活を思い浮かべながら揃えるのは、愛華にとって大変なことではなく、楽しみなことだったからだ。淑子も買い物についてきて、あれこれとアドバイスしてくれる。

田舎に残してきた古い家はいつか自分が帰る場所のように思っていたが、やはり売るべきなのかもしれない。愛華はこれから過ごす新居のものを買い集めながら、古い家に残してきたものを処分することを考えていた。

一度、故郷に帰らなくては……。

残してきたものはさほど必要のないものばかりだったが、思い出の品もある。今度は持ち出すものと処分するものに、きちんと分けなくてはならなかった。

もう、わたしは結婚するんだから。

嫌なことがあったらいつでも帰れるなんて思ってはいけない。結婚のことをそれほど知っているわけではなかったものの、別れることを前提に考えてはいけないことくらい判っている。

退路を断つと言ったら大げさかもしれないが、それでも残してきたものは一度整理しなくてはならないだろう。

そして、婚約してから一ヵ月が経った。

引っ越しの日が決まり、その前日に入籍することも決めた。結婚式も披露宴もお預けだが、そんなことはどうでもいい。愛華はただ孝介と暮らす日を楽しみにしていた。

何故なら、あれから孝介とはキスと軽い抱擁《ほうよう》しかしていないからだ。とはいえ、父や淑子がいる家で抱き合う気にはなれなかったから、そのほうがよかったのかもしれない。

今日はまた孝介と待ち合わせをして、食事をする予定だ。婚約してからはずっと家で夕食を摂っていたから、久しぶりのデートになる。

というより、ある意味、初めてのデートだ。以前、食事をしていたときの目的はデートではなく、兄妹として親密になるためのものだったからだ。

愛華はおしゃれをして出かけた。

待ち合わせは、お気に入りのカフェだ。デートで何度か連れてきてもらったことがあるが、ヨーロッパのアンティークな雑貨が飾ってあり、椅子もテーブルもなんとなくパリ調の雰囲気がある。

愛華は窓際の席に案内され、早速、孝介にメッセージを送った。ほどなくして、彼から返信がある。

『あと少しで着く』

彼との待ち合わせはいつもドキドキする。デートが楽しいということもあるが、いつも家にいる彼とは違う顔が見られるからだ。

もちろん家にいるときだって、彼はとてもスマートで格好《かっこう》いい。けれども、待ち合わせしたときの彼は、仕事の匂いをまとって現れるのだ。社長としての自信というのか、何かオーラを感じる。愛華と話しているうちに、親しみやすい雰囲気に変わっていって、それはそれで好きなのだが、いつもと違う顔で現れる一瞬も好きだった。

注文した温かいカフェオレを飲みながら、スマホを弄っていると、店の扉が開く音がする。

孝介が入ってきて、すぐに愛華を見つけた。目が合い、にっこり微笑まれてドキッとする。彼は店員に断って、こちらの席にやってきた。

その歩き方も颯爽《さっそう》としていて、うっとりする。

「遅れて悪かった」

「全然待ってないわ」

彼はコーヒーを注文した。愛華がなんとなく指輪を弄っていると、彼はその仕草に目を留《と》めた。

「指輪が邪魔？」

「え？　まさか！　ただ、わたし、指輪なんか今までしなかったから、慣れてないの」

「そうか。ネックレスはよくつけているが、確かに指輪はあまりつけてなかったな」

「持ってないわけじゃないけど、つけ慣れてないと、妙に気になって……。結婚指輪みたいに始終つけていたら、指にはめているのが自然になると思うけど」

結婚指輪をはめて、彼の奥さんをしている自分を思い描いて、自然と笑みが浮かぶ。彼と二人きりでずっと過ごす生活はどんなものになるのだろうか。愛華が考える、いわゆる新婚生活というものは、行ってきますのキスをするとか、お帰りなさいのキスをするとか、彼のために愛妻弁当を作ったりとか、そんな感じだ。

でも、彼は愛妻弁当なんて食べそうにないわ。

ビジネスランチとかで、食べながら仕事の話を進めるのではないだろうか。それは少し淋しいが、せめて帰ってからはぜひ手料理を食べてほしいものだ。

家では家政婦がいて、手料理を振る舞う機会なんてなかった。愛華はそれほど料理が上手いわけではないが、普通くらいには作れる。彼のためなら、もっと勉強してもいい。おいしいものをたくさん作ったら、早く家に帰ってきてもらえるかもしれないからだ。

「なんだか妙に嬉しそうにしているね?」

彼はコーヒーを飲みながら尋ねてきた。

「だって……もうすぐ二人だけで暮らせるから」

「そんなに楽しみにしてくれていて、嬉しいよ」

「孝介さんも楽しみにしてくれているのよね?」

「もちろんだ。……なかなか家だと二人きりというわけにはいかないからね。部屋で二人きりになっても、なんだか落ち着かないだろう?」

愛華は少し顔を赤らめながら頷いた。

一度抱かれた身としては、二度目も期待してしまう。けれども、家の中ではやはり人の気配が気になるものだ。

「わたし、今まで集合住宅で暮らしたことなくて。マンション暮らしってどんな感じなのかしら」

「別に今とそう変わらないだろうな。僕は狭いアパートで暮らしていたが、それに比べると、今度の部屋はかなり広いし、設備も新しくて綺麗だ」

「そうね……。キッチンなんて最新設備よね」

愛華は自分がそこで料理を作っているところを想像して、うっとりした。

「後で行ってみようか」

「えっ、いいの？」

「まだ二人きりで行ったことはなかっただろう？　必ず誰かさんがいる」

「あなたのお母さんでしょ？　あ……もうすぐ、わたしも淑子さんのことをお義母《かあ》さんって呼ぶことになるのね。なんだか不思議」

「母は喜ぶよ。君を本当の娘みたいに思っているから」

確かにそうだ。愛華のことを最初に聞いたとき、淑子としては少なからず複雑な想いもあったと思うのだが、そんなことは感じさせないくらいよくしてもらっている。

血の繋がりはないが、彼女と親子になる。それが嬉しかった。

孝介と結婚することで、すべてが繋がる。杵築家で暮らし始めてから感じていた違和感は、消えてなくなるのだ。娘だと言われても、ずっとなんとなく自分は居候のような気がしていたが、これからはそんなことを思わなくていい。

杵築友康の娘であり、杵築孝介の妻でもある。

反対に、孝介は杵築友康の養子であり、義理の息子でもある。孝介は父を尊敬していたから、絆が深まって嬉しいのではないだろうか。

ふと、愛華の脳裏に、パーティーで義人に言われたことが甦《よみがえ》ってきた。

父の財産のこと……。

財産狙いには気をつけろと忠告された。特に、孝介には。

いいえ、あんな人の言うことを真に受けるなんて馬鹿馬鹿しいわ！

孝介はすでに社長の座につき、立派に仕事をしている。それに、父の財産を欲しがるような浅ましい人には思えない。

どちらが信用できるかと訊かれれば、義人より断然、孝介に決まっている。

愛華は笑顔で彼に話しかけた。

「結婚するのが楽しみでたまらないわ！」

その後、二人は食事をして、それから彼の車でマンションへと向かった。

このマンションは賃貸だが、高所得者向けに造られていて、ロビーがまるでホテルみたいだ。コンシェルジェがいて、いろんな用事を受けてくれるらしい。といっても、まだ愛華はコンシェルジェが何をしてくれるのか、はっきり把握していないのだが。

部屋の鍵はカードで、それを翳《かざ》すとロックが解ける。

扉を開けると、当たり前だが、中は真っ暗だ。よく考えると、今まで夜に来たことがなかったのだ。

灯りをつけて、部屋の中へと入る。玄関は広々としていて、たった二人で暮らすのがもったいないくらいだ。寝室や書斎、そしてもう一部屋、何も使っていない部屋があり、広いリビングダイニングがあった。

ソファやテーブル、テレビやダイニングテーブルもあるが、やはり広々としている。大きな窓にはカーテンをつけているものの、今はレースのカーテンだけになっていた。

愛華は窓の傍へ行き、レースのカーテンを少し開けてみた。想像したとおり、綺麗な夜景が見える。

「すごいわね……」

「この夜景も毎日見ていたら、当たり前のように思うんだろうな」

「それはそうかもしれないけど」

今はとても綺麗だと思う。できることなら、この夜景を見ても、何も感じなくなるようなことにはなりたくない。こんな贅沢な場所に暮らすことも、当たり前だと思いたくなかった。

幸せは感じなくなったら、おしまいではないだろうか。何気ないことでも感謝して、幸せを感じる。愛華はまだ結婚したことはないが、それでも結婚生活というのは、ある意味、慣れてはいけないような気がする。

たとえば、孝介が傍にいるのが当たり前だなんて思うと、その幸せを感じ取れなくなってしまう。

その幸せはだいたい消えてしまってから気づくものなのだ。

愛華はカーテンを閉めた。高層階だから、あまり周りの目は気にしなくていいのかもしれないが、やはり開け放していると気になる。

特に、婚約者と二人きりでいるときは。

「愛華……」

孝介は愛華の肩に両手を置いた。そして、優しくキスをしてくる。

まるで結婚式の一場面みたいだ。そんな感じの軽く唇を触れ合わせるだけのキスだった。

「何か飲むかい？　僕は運転するから、アルコールは飲めないけど、君は……」

引っ越しはまだだが、冷蔵庫の中にはすでにビールやミネラルウォーターといった飲み物だけは入っている。

「わたしもいらない」

頭をぼんやりさせるものはいらない。ただでさえ、彼と一緒にいると、ぼうっとしてしまうのに。

それより、もっとキスしてほしい。

わたしからねだってみてもいいかしら。

いつでも受け身の自分だが、意思表示してみてもいいのではないだろうか。

そうよ。二人は結婚するんだから。

「もっと……キスして」

愛華は小さな声でねだってみた。すると、彼はふっと笑い、何かとても大切なものであるかのように、愛華の頬をそっと両手で包んできた。

目が合い、ドキッとする。キスどころか、彼に抱かれたことだってあるのに、改めて目を見つめられるとドキドキしてしまう。

だって、彼のことを愛しているから。

彼は愛華に唇を重ねてきた。最初は優しく舌で唇をなぞられたが、その舌は愛華の口の中にも入ってきた。

嬉しくて、眩暈《めまい》がしそうだった。

家の中ではなかなかこんなキスはしてくれない。彼が情熱に任せて唇を奪ってくれると、愛華もそれに熱心に応えることができる。

言葉ではなく、態度で、彼をどんなに求めていたかを伝えられる。

口では気恥ずかしくて言えないことも、このキスは伝えられると思うのだ。

わたしを愛して……。

寝室にはもうベッドも入っている。愛華はちゃんとシーツもセットしておいた。いつでも寝られるようになっている。

キスはもう優しいというより、激しいものになっている。キスだけで、愛華は自分という人間が奪い尽くされた気がした。

唇が離れると、愛華は彼の身体にすがりついた。足元がふらつく。頭もぼんやりしていた。

「……ベッドに行こうか？」

耳元で囁かれて、愛華は頷いた。

ジャケットを脱がされたかと思うと、彼に抱き上げられて、寝室に運ばれる。愛華はベッドに下ろされて、彼を見上げた。彼はスーツの上着とベストを脱ぎ、ネクタイを外すと、愛華が

頬を染めているのを見て、ふっと微笑む。

「愛華……」

彼は愛華の上に覆いかぶさり、再び唇を奪った。

こうして彼と身体を重ねていることで胸が高鳴っている。シャツを通して、彼の温もりを感じる。愛華は夢中でキスを返しながら、そのシャツを掴んだ。

キスだけで夢見心地なのだ。だが、今夜はそれでは終わらない。

ずっとこうしてほしかったの……。

愛華は甘えるように彼の背中に手を回して、彼の存在そのものを余さず感じ取ろうとした。

だって、久しぶりだから……。

それに、もう一度、彼の気持ちを確かめておきたかった。疑うわけではないが、身体を重ねることでちゃんと確認したい。

彼に愛されてるって……。

孝介は唇を離すと、愛華の首に顔を擦りつけるようにして唇を合わせた。同時に胸を服の上からまさぐる。

なんだか甘えられているみたい。

いや、彼にはそんなつもりはないのかもしれないが、愛華にはそう思えたし、なんとも言えないくすぐったさを感じた。

年上の彼がこんな仕草をしてくるなんて、愛されていなければ考えられない。そして、愛華自身も彼を愛しているからこそ、こんな彼を愛しく思えてくるのだ。

彼は愛華のブラウスのボタンを外していった。

中につけている可愛いレースがついたブラが見える。そして、それに包まれた乳房のふくらみが。

彼はブラウスを脱がせる前に、その可愛いレースを指でつついた。

「可愛いね。もしかして、僕のためにつけてくれた？」

「そういうわけじゃ……」

確かにこの間買ったばかりだが、孝介とのデートのためにつけたというわけではない。いや、そのつもりだったが、無意識に可愛いものをつけてしまったのかもしれない。

「そうなんだ？」

孝介は信じていない様子で、ニヤリと笑い、ブラウスを脱がせた。そして、ブラごと胸のふくらみを下から持ち上げる。彼の手の中で形を変えるふくらみに、自分も彼に翻弄されているような気がした。

彼はブラの下のラインを持ち上げた。すると、ブラが上へとずれていく。下から乳首が飛び出してきて、彼の目に晒《さら》された。

「いやっ……」

「嫌……じゃないだろう?」

彼は低い声で笑いながらそう言うと、愛華の乳首を指で撫でていく。

「あ……っ」

甘い疼《うず》きが込み上げてきて、思わず声を洩らしてしまう。

やはり、彼にいいように翻弄されている。けれども、それが悪いわけではない。彼のもので
いる状態が、愛華は好きだった。

わたしを丸ごと彼に捧げたいの……。

捧げる、なんて言葉は古いのかもしれない。しかし、愛華は彼のものでいたい。今もそうだ
が、結婚して、死ぬまでずっと彼のものでいたかった。

籍を入れるということは、愛華にとって特別なことだ。式も披露宴もどうでもいいが、籍を
入れれば、二人は夫婦となり、法律的に婚姻関係となる。父と母のように、離れ離れになるこ
となく、一生添い遂げる。

それが、愛華には何より大事なことなのだ。

二人の結びつきを大切に思えばこそ、愛華は身体でも確かな絆を築きたかった。

彼は愛華の胸に唇を寄せ、乳首にキスをする。

柔らかい舌に転がされるように舐められ、愛華はビクンと身体を震わせた。身体の奥のほうから何やら妖《あや》しい感覚が湧き起こってきて、思わず腰を揺らす。

もう片方の乳首も指で弄られている。敏感に反応して、愛華は何度も甘い声を洩らした。

やがて、彼はブラを取り去り、スカートとストッキングも脱がせた。残るはショーツだけになる。

「これも可愛い」

孝介はショーツを見て、そう呟いた。

ブラとのお揃いで、同じようにレースの飾りがついている。否定してみても、やはりデートのためにつけてきたとしか思えないだろう。というより、たぶん自分もそういうつもりで身につけたに違いない。

愛華は頬を染めた。

「こんなに可愛いから、濡れてしまわないうちに脱ごうか」

彼はそう言って、ショーツをずらしていく。足首から引き抜かれ、愛華は急に身体を隠したくなってきた。

「そんなに恥ずかしがらなくてもいいのに」

判っている。これは二度目なのだから。

「でも、やっぱり……」

彼はふっと笑って、愛華をギュッと抱き締めた。肌に彼の温もりを感じる。彼は服を着ているから、直にというわけではないが、それでも裸で彼に抱き締められていると、恥ずかしさよりも喜びが勝った。

愛が伝わってくるような気がするから……。

彼は愛華の腰を撫で、太腿も撫でていく。しっかりと閉じている内腿に手を差し入れ、秘部に触れてきた。

「あ……んっ……ぁ」

さっきから疼いていた秘部に触れられて、身体を震わせる。

もちろん蜜はすぐに溢れてきて、彼の指を濡らした。指先だけで優しく秘裂をなぞられて、ゾクゾクしてくる。

いつしか彼の手を迎えるように両脚は開かれていた。恥ずかしさよりも、快感を求める気持ちが大きくなっているのだ。

「本当に……君は可愛いな……」

彼は愛華の右脚をぐいと押し上げると、秘部に顔を近づけ、舌で舐め始めた。

「あ……あん……ぁぁっ……ん」

声を出したいわけではないのに、自分でも止められない。それくらい、愛華は快感の渦に巻き込まれていた。

身体はガクガクと震えている。

それでも、愛華はこれが欲しかったのだ。どんなに恥ずかしくても、彼に愛撫されると、もう何がなんだか判らなくなる。理性を奪われて、本能だけになるようだった。

そのうち、彼は指を内部に差し入れてきた。

「ふ……ぁっ……あん……」

敏感になっている身体はどこを愛撫されても感じてしまう。

もちろん内部も指で擦られると、そこも感じる。身体の外も内も、両方を刺激されているうちに、徐々に燃え上がるような熱さが全身に広がっていく。

だが、孝介はそこで指を引き抜き、身体を起こした。

「えっ……」

もう少しで昇りつめるところだった。途中でお預けにされて、愛華は身体を揺らした。欲求不満なんて思われたくないけれど、実際そうだった。途中で快感が奪い取られてしまったのだから。

「自分でしてみるかい？」

「そんな……こと……」

「胸を弄ってみて」

彼が見ている前でそんなことしたくない。そう思ったけれど、我慢できずに触れてみた。そして、乳首をそっと弄ってみる。

自分で触ってみても快感が込み上げてくる。愛華は身体を震わせながらも、自分で自分を愛撫することをやめられなかった。

彼は少しの間それを見ていたが、そのうちにシャツを脱ぎ捨て、他の衣類も次々に脱いでいった。そして、愛華の手を優しく止めると、身体を重ねてくる。

最初のときは痛かった。それを思い出して身構えたが、あのときとは違い、彼はすぐに奥まで入ってきた。

「あ……」

彼が何度か内部を行き来して、そのたびに奥に当たると、じんと痺《しび》れるような快感を覚えた。

内壁を擦られるよりももっと大きな快感で、彼が動くと、それが徐々に愛華の中で熱く燃えていくような感覚に変わっていく。

痛みがなかったせいなのか、最初のときよりずっと感じている。

昇りつめる寸前で止められたせいもあるかもしれない。身体の芯に燻《くすぶ》っていた炎が一気に燃え上がり、愛華は全身を震わせた。

「こ……孝介さんっ……」

今にも絶頂を迎えそうになってしまっている。だが、彼は無情にも首を振った。

「まだだ……」

「でもっ……」

彼は何度も愛華の中を行き来している。愛華はたまらず彼の腕をギュッと握った。何かしないと我慢できないくらい、高まっている。

彼は愛華をきつく抱き締めてきた。愛華も彼の背中に手を回してしがみつく。互いの身体がぴったりと重なって……。

やがて、二人は同時に解放の時を迎えた。

「あぁぁっ……！」

激しい快感が背中を突き抜けていく。愛華はただひたすらに彼に抱きつき、全身を強張らせた。

彼の身体から緊張が抜けていく。愛華も同じだったが、彼の背中に回した手はそのままにしておいた。

鼓動や熱、呼吸が収まるまで、じっと抱き合い、互いの存在を感じ合う。

愛華は彼の腕に抱かれながら、穏やかな幸せを感じていた。

わたしは孝介さんのもの……。

それが何より心地いいのだ。

「ああ……すまない」

彼はふと何か気づいたように謝った。

「えっ、どうしたの？」

「避妊《ひにん》してなかった」

一瞬ドキッとしたが、すぐに愛華は笑顔になった。

「わたし達、もうすぐ結婚するのよ」

「君は若いのに、もう子供ができてもいいのかい？」

「ええ。わたし……子供が好き」

彼の子供なら好きになる。

それに、愛華は子供が欲しい理由があった。

家族が欲しいの……。

自分はまだ祖父母や母の死を引きずっているのだろうか。子供は彼らの代わりにはならない。

もちろん、孝介も。

でも……わたしは孝介さんと早く家族になりたい。

新婚を楽しむのもいいが、確かな何かを築きたかった。そうしなければいけないような気がしてならない。

だけど、どうして？

孝介に愛されるだけでは足りないのだろうか。

愛華は自分でもよく判らなかった。

二人は愛し合っている。……そうよね？

愛華は一旦身体を離した後も、彼に擦り寄った。

「孝介さん……」

愛してる。

言葉に出さなくても、この愛は伝わるわよね？

愛華は自分の薬指にきらめく婚約指輪を見つめて、心の中でそう囁いた。

第五章　聞いてしまった真実

いつ籍を入れてもいいように準備は済んでいたが、一応、大安《たいあん》がいいだろうということで、その日を待っていた。

そして、籍を入れた翌日に引っ越しをすると決めていた。しかし、父がまだ愛華が別に住むことをあまり快《こころよ》く思っていないらしく、何かと引き延ばそうとしているようなのだ。

父の気持ちは嬉しいが、愛華は結婚したら、孝介と二人だけで過ごしたかった。

もちろん父と過ごす時間が大事なのは判っている。何しろ、愛華と父は二十二年間、離れて暮らしていたのだ。最初ここに来たとき、愛華は父親という存在を求めてやってきたのだ。結婚が決まったからといって、父が急にいらない存在になったわけではない。

ただ、結婚しても別に遠くに行くわけではない。父に言わせれば、それほど近くないと言いたいらしいが、たかが車で十五分くらいの場所だ。会おうと思えば、いつでも会える。孝介も自分も、恐らくこの家にしょっちゅう帰ってくることだろう。

何かお祝い事があれば駆けつけたいし、誰かに何かよくないことが起これば助けたい。その気持ちには変わりはないのだ。

父には淑子がいる。淑子が父を本当に大切に思ってくれていることを、父自身がもっと実感してくれればいいのに。とはいえ、人の気持ちを誰かに強制することはできない。たとえ親子であっても、それは同じだ。

父には父の気持ちがある。愛華はそれが淑子にだけ向いてくれるように、ただ願っていた。

入籍の日を明日に迎えた日の夜、淑子は家族だけのお祝いとしてご馳走をケータリングで用意してくれた。

フレンチのコースで、出張シェフがキッチンで料理してくれている。

パーティーでケータリングを頼むのはこの間判ったことだが、家族のお祝い事でシェフまで呼ぶのだと、愛華は驚いた。

祖父母が生きていた頃、家族のお祝いといえば外食に行くとか、お寿司《すし》を取るのが定番だった。

お金持ちの考えることは判らないわね……。

だが、いつかは自分も同じようにしなくてはならないのだろう。家族のお祝いにフレンチのコースのケータリングというのは、どこかに書き留めておくべきだろうか。

少し前まで、わたしはケータリングや出張シェフどころか、フレンチすら食べたことがなかったのに。

特別貧しかったわけではないと思っていた。確かに贅沢をしていたわけではないし、母は自分のものを買うのを我慢して、愛華に不自由ないようにいろいろ揃えてくれていた。けれども、自分達はごく一般的な生活をしていると信じて疑わなかった。

今の生活と違いすぎて、本当のところ、どちらが一般なのだろうかと思ってしまう。

いや、杵築家がやはり裕福なだけだろう。恐らく愛華が育ってきた家庭こそが普通なのだ。ただ、自分も、そしてこれから生まれてくるだろう子供達も、この裕福な生活に慣れてしまうのかと思うと、なんだか落ち着かない。

愛華はまだいい。子供達はこうした暮らしが普通だと思って育つのだ。恐らく、誕生日やクリスマスのプレゼントは高価なものをもらうだろう。父は愛華に対してできなかったことを、きっと愛華の子供にするつもりに違いない。

フレンチの一皿一皿はとてもおいしいが、愛華の頭の中はこの贅沢さに抵抗していた。

顔では笑って、会話を楽しんでいる素振りをした。淑子のせっかくの心尽くしなのだ。台無しにするわけにはいかなかった。

とてもありがたいのに……。

素直に受け取ることができなくて、本当に申し訳ない気持ちになってくる。料理がおいしければおいしいほど、急に身分違いという気がしてくる。

わたし、本当に孝介さんと結婚していいの？

愛があれば大丈夫、とは言うけれど、まだ若い自分に社長夫人など務まるのだろうか。たとえば重役夫人達との付き合いなどあるのだろうか。その場合、どう振る舞えばいいのかも知らなかった。

やっとコース料理のマナーを覚えたくらいの自分に、付き合いのマナーなど覚えられるのか。次第に自信がなくなってくる。あのマンションの部屋に自分がふさわしいとも思えない。いや、そんなことを言ったら、孝介にもふさわしいとは言えない気がする。

どんどんネガティブなことを考えるようになってしまっている。愛華はそれを振り払おうと、なんとか努力していた。

やがて、デザートとコーヒーが運ばれてきた。小さなケーキにイチゴとブルーベリーが添えられたデザートを口に運び、愛華はその甘さに少し救われる。

くよくよ考えても仕方ない。

明日、わたしは孝介さんの妻になるんだから。

ついでに、赤ちゃんも早く授《さず》かるといいのに。しかし、彼との新婚生活も長く続いてほしい。

孝介のことを考えると、自然に頬が赤らむ。ふと目を上げて、向かいの席の彼を見た。すると、目が合って、ドキッとする。

彼が目を細めて微笑んだ。

それだけで、愛がじんわり伝わってくる。愛華の胸は温かくなってきていた。

結婚は何より二人の気持ちが大事だ。二人の気持ちがしっかり結びついていれば、他のことはどうでもいい。

身分差というか、生活差はあるが、なんとか乗り切ってみせよう。結局、それは愛華の問題なのだ。

わたしはもう孝介さんなしには生きていけないもの。

考えるだけ無駄だった。彼なしに生きていけないなら、結婚するしかない。そうでなければ、身体は生きていても、心は死んでいるのと同じことになるからだ。

明日からは彼の妻になり、明後日からはもうずっと一緒のベッドで寝られる。愛華はそれを何より楽しみにしていた。

不安なんて……気のせいよ。

本当は気のせいでないことは知っている。それでも、愛華はそう思うことにしていた。

デザートを食べ、コーヒーを飲み終わると、父が孝介に話があると言い出して、二人は書斎に引っ込んだ。

淑子は肩をすくめた。

「お祝いのつもりだったのに、どうして二人で引っ込んじゃうのかしら。どうせ仕事の話なのよ」

「そうですよね。でも、お仕事は大切だから……」

愛華は淑子の話に付き合い、しばらくリビングのソファにいた。出張シェフは片付けまできちんとしてくれるので、何もしなくていいらしい。といっても、この家ではいつも家政婦がいるから、普段も自分達は何もしていないのだが。

淑子はそのうちに少し眠くなってきたらしく、自分の部屋に引き上げた。愛華は仕事の話をしているであろう二人のために、コーヒーのお代わりをトレイに載せて、書斎に向かった。

扉をノックしようとして、中の話し声が聞こえてくるのに気がついた。書斎の扉が少し開いているのだ。

孝介が父を宥《なだ》めるような口調で話していた。

「それは譲歩してくださいよ、いい加減に。僕は約束を守ったでしょう?」

「確かに、おまえは私の言うとおりにしてくれた。それは認める。愛華にプロポーズして、結婚の承諾を取りつけてくれた。これで愛華はしばらく働くなんて言い出さないだろう」

父の言葉に、愛華は凍りついた。

今のは……聞き違いよね。もしくは、何かの勘違いよ。お父さんは何か別の意味で言ったはず……。

父が愛華と結婚しろと言ったから、孝介はそのとおりに動いたわけではないはずだ。

わたし達の間には愛があるのよ。だから……。

でも、その愛は本物なの？

孝介は別に言葉にして、愛しているなどと言ったことはない。言われなくてもいいと思っていた。男だから言いにくいだろうし、言葉にされなくても大丈夫だと思い込んでいた。

彼の愛は充分伝わっている、と。

だけど、それは本当に？

もしかして、わたしがそう思い込んでいただけじゃないのかしら。

わたし自身が彼を愛していたから。

立ち聞きなんてするものではないとよく言う。自分の悪口などを聞いてしまうことがあるからだ。

彼らが口にしたのは、愛華の悪口ではないが、自分に関するショックなことではある。

愛華はまだ信じられないでいた。孝介が父の言いなりになって、愛華にプロポーズするなんて考えられないからだ。彼は人の言いなりになるような人間ではないはずだ。

でも、彼は父に対して何かこだわりのようなものを持っていたわ……。

尊敬していて、女遊び以外は完璧な人間であるかのように。暴力を振るう実父を嫌うあまり、養父である父を過剰に立派な人間だと思いたがっている。

もしかしたら……。

本当は父のために、愛華と結婚するつもりなのかもしれない。

その場合、愛はどうなるのだろう。愛に見えていたものは、すべて幻《まぼろし》だったのだろうか。

父が愚痴《ぐち》を言うような口調で話すのが聞こえた。

「せっかく愛華を甘やかすつもりでいたのに」

「甘やかせばいいじゃないですか。あなたの子供であることには変わりはないんですから」

「判ってる。判ってるが、別の場所に住むとなるとなあ。どうしてそんなことを勝手に決めたんだ？」

父は恐らく何度も同じことをごねていたのだろう。孝介は盛大な溜息をついた。

「それくらい僕に決めさせてください。結婚は強《し》いられたわけじゃないが、似たようなものだ。一生の問題をあなたの言うとおりにした。それだけでいいじゃありませんか」

孝介は苛立《いらだ》たしげにそう言った。

『強いられたわけじゃないが、似たようなものだ』

『一生の問題をあなたの言うとおりにした』

それらの言葉は、愛華の胸に突き刺さった。

やっぱり彼はわたしを愛していたわけじゃないんだわ……。

父に言われて、食事に誘ったのだ。確かにそれまで避けていたのに、急に仲良くなろうと言い出したのだ。

あのとき、愛華も少しはおかしいと思ったのだ。急にそういうことになったから。しかし、彼に食事に誘われて、デートみたいだと舞い上がって、おかしな点をつい見逃していた。

デートを重ねて、彼の恋人になれたみたいで嬉しかった。

そして、あの夜……。

キスされて、夢見心地になってしまった。彼の誘いに乗って、部屋へ行き、バージンを失った。

いや、失ったなんて言い方はよくないかもしれない。別に奪われたわけでもなんでもない。

あれは愛華の意志だ。

けれども、彼に愛されていると思い込んでいたから……。

そうでなければ、ベッドになんか行かなかった。キスされてぼうっとなったにしても、身体だけの関係なんて絶対に嫌だから。

すべて……すべて彼の計算の上だったの？

デートに舞い上がることも、キスされたら言いなりになることも。

勝手に彼に恋して、勝手に愛されていると思い込んでいた。もしかして、あの夜、両親が家にいなかったことも、打ち合わせ済みだったのだろうか。

いや、まさかそこまでは……。

娘と結婚しろと焚《た》きつけておきながら、いざ別の場所に住むと知って、いつまでもごねている父が、そこまで許していたとは思えない。

だが、たとえそうでなかったとしても、父が孝介に愛華との結婚を半《なか》ば強いるような真似をしたのは確かなのだろう。

呆然としていた愛華の頬に、涙が流れ落ちていった。

プロポーズされたとき、本当に嬉しかった。愛されていると心から信じていたのに、違っていたのだ。

明日、入籍するというのに、こんな気持ちで婚姻届を出すなんてできない。

書類はもう書いていて、明日、判を押すことにしている。そうして、二人で一緒にそれを提出しに行く予定だった。

わたし、どうしたらいいの？

愛華は迷いながら、トレイを持ったままキッチンに戻ろうとした。今はもう彼らにコーヒーを持っていくことはとてもできない。

そのとき、廊下の床がたまたま、きしむ音を立てた。

「今のは……！」

孝介がようやくドアが開いているのに気づいて、慌てて廊下に出てきて、愛華を見つけた。

「愛華！　まさか……聞いていたのか？」

彼は愛華の頬に涙が流れているのを見て、愕然《がくぜん》としていた。父が驚いて、孝介の後から書斎を出てきたが、やはり愛華が泣いているのを見て、目を見開いた。

「愛華……。いや、ただの冗談だよ。本気にしないでくれ」

父はなんとかごまかそうとして笑ったが、もちろんそんなことは信じられない。何より、孝介の顔を見れば、冗談なんかでないことはすぐに判る。

彼は眉をひそめ、厳しい表情をしていた。言い訳できない状況だと判っているのだろう。

「愛華、二人で少し話そうか」

「……いいえ。もう話すことなんてないわ」

はっきりとこの耳で聞いた。それがすべてだ。

「いや、君はひょっとしたら勘違いして、些細《ささい》なことを騒ぎ立てているだけなのかもしれない。よく話そう」

彼は傍にいる父に目を向けた。

「お父さん、二人きりにしてもらえませんか？」

「……判った」

父は自分が何を言っても、火に油を注ぐだけだと思ったのか、それとも孝介なら愛華を丸め込めるだろうと思ったのか、もう何も言わずに二階の部屋へと上がっていった。

その少し淋しそうな後ろ姿を見て、心が痛んだが、もう後戻りはできない。聞かなかったふりはできないし、聞く前の自分にも戻れなかった。

「こっちにおいで」

彼に言われて、書斎に入る。彼は今度はきっちりと扉を閉めた。そして、重い溜息をつく。

「座って」

愛華はテーブルにコーヒーカップを載せたトレイを置き、ソファに座った。孝介は少し迷ったが、愛華の向かい側に腰かける。

愛華は失意のあまり、彼の目を見られなかった。

「正直に話して。わたしを急に食事に誘ったのは、父がわたしと結婚しろと言った後のことなんでしょう？」

「ああ、そうだ」

　判っていたことだが、彼の返事にガックリくる。

「そうよね……。それまで、わたしのこと、避けていたんだから」

「避けていたのは、君と間違いが起こってはいけないと自重していたせいだ。あのパーティーのときみたいに……」

　愛華は彼にキスされたときのことを思い出した。

　彼にとっては、単なる間違いだったのだろう。愛華はとてもときめいたのだが、彼は違うということだ。

「だが、僕は書斎に呼び出され、君と結婚してほしいと頼まれた。君が仕事をしたいと言い出したから、お父さんはそうさせたくなかったんだ。実の娘だというのに、他人行儀なのも嫌だ。堂々と自分の娘でいてほしい。だから、僕と結婚させれば、すべて上手くいくと考えた。結婚生活に夢中になって、仕事のことなど忘れるだろうと。だが、他の男に君が攫《さら》われていくのも嫌だ。それなら、相手は僕しかいないという結論に至った……」

　聞けば聞くほど、ひどい計画だ。父は孝介にそう言ったとき本気だったのだろうか。

　自分の気に入った相手に娘を嫁がせようなんて、時代錯誤《さくご》も甚《はなは》だしい。

「あなたは抵抗しようと思わなかったの？」

「しようとした。だが、上手くいかなかった。それに……」

「それに？」

彼は何故だか躊躇ったので、愛華は促した。

「僕は君が欲しかった」

その言葉にドキンとする。

「僕が拒否をすれば、他の男に白羽《しらは》の矢が立つかもしれない。たとえば義人とかに……」

父の甥《おい》、というか愛華にとっては従兄弟だが、彼に食事に誘われたからといって、ついてはいかない。パーティーのときのことを考えると、義人が愛華を誘うのは野心があってのことだからだ。

財産とか……。会社での地位とか。

孝介はすでに社長だ。財産は別かもしれないが、彼自身も稼いでいるのに、父の財産に固執はしない気がする。

でも、本当に？

わたしが現れなかったら、いつか父の資産はすべて彼のものになっていたはずだわ。

愛華の胸に疑惑が巻き起こる。

孝介はそんな卑《いや》しい人間ではない。ずっとそう信じていた。高潔な人なのだから。しかし、今の愛華にはすべてが信じられなくなっていた。

愛されていると信じていたのに、ただ結婚しろと言われたからプロポーズしただけだなんて。

「わたしのことが欲しいって……ただベッドに連れていきたいだけだったんでしょう？」

そうとしか思えない。

愛がなければ、後に残るものは欲望だけだ。

「確かに僕は君を抱きたくて仕方なかった。けれども、君が妹という立場では手を出せない。結婚すれば……」

「あなたはすごく優しくて……わたしは勝手に愛されていると思い込んでいたわ。あなたはそれに気づいていたんでしょう？」

孝介は黙り込んだ。その沈痛な表情を見ていれば答えは判る。

彼はやがて愛華を見据えて口を開いた。

「……愛はそんなに大事なものなのか？」

「えっ」

意外なことを訊かれて、愛華は驚いた。

「それは……そうじゃないの？　結婚するには愛し合っていなければ。そうでなければ幸せにならない……」

「それなら、うちの母はどうなるんだ？」

孝介は畳《たた》みかけるように話しかけてきた。

「母は僕の実父と愛し合って結婚した。しかし、暴力を振るわれて、結局、憎み合って別れた。そして、父さんと愛し合って再婚した。だが、父さんは他にもたくさんの女性を愛した。愛なんて幻のようなものだ。愛し合って結婚しても、別れるときは別れる。そして、別の愛に走る場合もある。それなら……最初から愛がなくても同じことだ。愛し合っているなんて幻想を信じるより、理性的に結婚を決めたほうが長持ちするかもしれないじゃないか」

孝介の胸の中にあるのはそんな考えだったのだ。

彼が今まで結婚しなかったのも頷ける。恐らく今まで誰も愛したことはないのだろう。そして、理性的に結婚を決めようとも思わなかったし、結婚相手にふさわしいと頭で考える女性にも巡り合わなかったのだ。

そして、父に、愛華との結婚を勧められた……。

彼は頭で計算したに違いない。そろそろ結婚する年齢だし、父の実の娘である愛華と結婚すれば、父との絆が深まると。ついでに、愛華に手を出したかったのだから、一石二鳥だと考えたのだろう。

愛華はやっと彼の考えていたことが判った。

判ったところで、理解はできないが。

「わたしはそんな冷たい考えで結婚を決めるなんて、信じられない……」

「それは君がまだ若い女性だからだ。女性だって、ある程度の年齢になれば、打算で結婚を決める。相手が金を持っているか、出世をしそうか、楽に生活させてくれそうか、ステイタスとなる職業に就《つ》いているか……そんなところだ」

確かにそれは否定できない。そんな基準で結婚相手を決めることはあるだろう。

「でも、わたしは違う……。それは判っていたんでしょう？」

「だから……君をデートに誘った」

ロマンティックな気分にさせて、誘惑した。

愛華は彼がやはり意図的に誘惑したことが判り、ショックを受けた。

つまり……わたしが見ていた愛は、彼の言うとおり幻想に過ぎなかったんだわ……。

「どうして、わたしを騙したの？」

「騙すなんて大げさな」

「いいえ、騙したのよ。だって、あなたはわたしに愛の幻想を見せたんだもの。わたしが馬鹿みたいに愛し合っていると思い込むように、仕向けたんだわ」

孝介は肩をすくめた。

「それは否定しない。だが、君が結婚を決めるには、そういった幻想が必要だと思っていたから」

つまり、彼は何もかも判った上で、愛華に結婚を承諾させるために、ありもしない愛を見せたのだ。

ひどい……ひどすぎる。

彼が愛華の気持ちを何も判っていなかったなら、まだ救われる。しかし、何もかも判った上で計画したのだ。

それこそ理性的に。

わたしはそんなふうに結婚を決められたくなかった。まして、騙されて、結婚なんてしたくない。

「わたし、あなたと結婚しないわ！」

この宣言に、孝介は目を見開いた。

「何を言ってるんだ。明日、婚姻届を出すと決めたじゃないか」

「こんな気持ちで結婚なんてできるわけがないじゃないの。……よかったわ。これが婚姻届を出す前で」

「愛華……お父さんの気持ちを考えたらどうだ？」

「わたしの気持ちはどうなるのよ！」

父の気持ちがどうだろうと関係ない。だいたい、人を操《あやつ》ろうとしたのは、父のほうだ。しかも、愛華に仕事をさせたくないという理由で。

「それなら、僕の気持ちは？」

「あなたは……感情で結婚を決めたわけじゃないでしょう？　頭で考えたのよ。お父さんに気に入られたかったんでしょう？　それでこそ我が息子って思われたかったんだわ！」

図星をつかれたのか、彼はたちまち顔色を変えた。

「愛華！」

「あなたの愛情はどこにあるの？　わたしじゃなくて、お父さんや淑子さんに向いているように思えるわ」

「そうかもしれない。だが、それは……家族には愛情を持っているということだ。もちろん、君にも……」

「でも、それはわたしが欲しい愛じゃない……」

家族に対する愛と同じだなんて救いがない。ないよりマシとは到底思えなかった。

「男女間の愛よりずっと揺るぎのないものだ。愛華、僕は君を一生人事にすると誓えるよ。父さんのことは尊敬しているが、浮気をして妻を悲しませたりしない。実の父みたいに、君に暴力振るったりしない。君と子供達を全力で守る」

孝介は必死で愛華を説得しようとしていた。

確かに彼は大事にしてくれるかもしれない。愛と錯覚させるくらいに。

でも、彼はわたしを愛してない……。

それは愛華にとって大きな問題だった。

「わたしは……母みたいな不毛な恋はしないと決めていた。不倫をしないという意味だけじゃなく、愛し合いながら一生添い遂げられる人と結婚するって……」

間違っている相手とは結婚したくない。母がシングルマザーだからこそ、愛華は人一倍、結婚について真剣に考えていた。

「僕達が結婚しなければ、家族が悲しむ」

「そんな……」

「君にはもう子供ができているかもしれない。まさか君も一人で育てるつもりなのか？」

避妊し忘れたことが頭によぎる。一瞬、彼が計画的にやったことではないかという疑惑が浮かんだが、そうではないだろう。そんなことをしなくても、二人は結婚すると決まっていたのだから。

彼と結婚しなかったら……わたしも母のようになるの？

それは嫌だ。

子供には自分のような目には遭わせたくない。父親がいないのが普通だったとはいえ、両親揃った家庭にまったく憧れなかったと言えば嘘になる。

そう。祖父が父代わりになってくれたとはいえ、本物の父親ではなかった。

もし子供ができていたら、やはり結婚することになるだろう。嫌々ながら結婚するなんて、最悪でしかないが。

愛華の理想の結婚とはかけ離れていた。

それでも、彼はわたしを大事にしてくれるのかしら……。

愛華は何度でも思い出すだろう。彼が父の要請《ようせい》に従って、結婚を決めたことを。

「それは……そのとき考えるわ。今は子供のことまで考えられない」

できているかどうか判らない子供より、今の自分の気持ちが大切だった。

「頼むから……よく考えてくれ」

孝介は疲れたような顔をしていた。愛華は胸が締めつけられるような気がした。

愛されていなくても、愛華自身は彼を愛している。こんなことがあって、結婚したくないと思ったが、だからといって、彼をもう愛していないということにはならない。

愛しているなら、彼の言うとおりにしてあげたらいいじゃない。

そんな考えも頭をよぎる。

一言、結婚すると言えば、彼は嬉しそうな顔をすることだろう。その笑顔を見たいと思いつつも、やはりここで妥協するのはよくないと判っている。

これは一生のことだ。愛しているのに、彼はそうではない。わたしには家族のような愛しか持てないのなら、いつか彼は本物の愛を経験することになるかもしれない。

他の女性と。

そう考えたとき、胸が張り裂けるような気持ちになった。

彼は浮気をしないと誓った。けれども、本物の愛の前にその誓いを守れるのだろうか。父と母の間に起こったようなことが、また繰り返されないとは言えない。

もし、そうなったら……。

結婚したことを死ぬほど後悔することだろう。

孝介の顔を見つめる愛華の頬には、再び涙が流れ落ちた。

「愛華……」

彼は身を乗り出して、愛華に唇を重ねた。

優しく穏やかなキスだが、涙の味がする。

「……僕は君を手放したくない」

「孝介さん……」

ひょっとしたら、彼の執着は愛ではないのかと思った。

だが、今の愛華にはもう何も判らなくなっていた。ただ、結婚して、家族を安心させたいという気持ちから言っているのかもしれないからだ。

本当は彼の胸に飛び込みたい。キスされて、髪を撫でられ、安心したい。

でも、それは……逃げることよ。

一旦逃げたら、逃げ続けなくてはならない。彼には愛がないという事実から、逃げて逃げて……その後はどうなるのだろう。

父は何度も浮気をした。

愛華の頭の中には、それが残っている。

孝介は違う。そう思っていても、この先にあるものは誰にも予想できない。

本当は結婚したいし、甘い新婚生活を送りたい気持ちもある。しかし、どうしても結婚を進めるわけにはいかないのだ。

「わたし……」

「まだ結論は出さないでくれ」

孝介は愛華の言葉を途中で止めた。きっと結論がなんなのか、判っているからなのだろう。彼の眼差しは鋭く、最初に会ったときのように見えた。きっと、どうにかして、愛華に結婚を承知させると決意しているに違いない。

「とにかく、明日だ。せめて一日考えてくれ」

考えても同じことだ。

そう思いながら、愛華は力なく頷いた。

その夜、愛華はなかなか寝つけなかった。

ショックが大きすぎる。今まで信じていたことがすべて覆《くつがえ》ったのだから、当たり前のことかもしれない。

何度かウトウトするうちに、朝になっていた。

本当なら、とても素晴らしい目覚めになるはずだった。晴れて婚姻届を出して、孝介の妻になる。それを本当に楽しみにしていたはずだった。

結局のところ、愛華の結論は同じだ。

結婚はできない。

すべて最初から間違いだったのだ。

父が孝介に、愛華と結婚するように迫ったこと。そして、孝介がそれを承諾したこと。それが間違いだったのだから、結婚はできない。

せめて愛されていると、わたしが思うように仕向けられていなければ……。

いや、もし最初から孝介が頭で考えていたような理性的な結婚を提案されていたら、即座に断ったことだろう。

愛がなければダメ。

夢見ているだけだと非難されても、そこだけは譲れない。

愛華は起きて身支度をした。それから、荷作りを始める。持ってきたものすべてというわけではないが、とりあえず生活できるだけのものをバッグに詰めた。そして、位牌も布に包み、少し大きめのショルダーバッグに収める。

位牌をこんなに簡単に動かすものではないことは判っている。しかし、この家に置いておくわけにはいかなかった。

だって、わたしの一番大事なものだもの。

ふと孝介の顔が頭に浮かんだが、その瞬間、ギュッと目を閉じて、頭の中から追い払う。

今は……もう考えたくないの。

とはいえ、彼に何も言わずに出ていくことはできない。もちろん父や淑子にも。それに、誰もが愛華を引き留めるに決まっている。

愛華は大きく息を吸い、部屋を出た。ダイニングにはすでにみんなが勢揃いしていて、こちらの様子を窺っている。

「おはよう……」

愛華が挨拶をすると、父が機嫌を取るような声で話しかけてきた。

「おはよう、愛華。いよいよ今日だな」

今日はいよいよ入籍する日だと言いたいのだろう。愛華はどう答えていいか判らず、戸惑った。和《なご》やかかどうかはともかくとして、家族揃っての朝食の風景にいきなり水を差すのも躊躇われる。

「父さん……！」

孝介が父に低い声で注意した。そして、目を上げて、愛華に話しかけてくる。

「とにかく朝食を食べてしまおう。話は後だ」

彼こそ愛華がどうするのか早く訊きたいのだろうが、席に着くように促した。愛華はこれからこの家を出ていくのに、呑気《のんき》にみんなで朝食を摂るのはどうかと思ったが、もしかしたら、これが四人で食事をする最後の機会かもしれない。

少し頷いて、席に着いた。愛華がいつも座るのは、孝介の横だ。向かい側には淑子が心配そうな眼差しで見つめてくる。彼女もきっと昨夜のことを聞いたに違いない。

淑子は恐らく父と孝介の企《たくら》みを知らなかったのだろう。知っていたら、止めたと思う。彼女は孝介と愛華が結婚することを単純に喜んでいたし、二人が愛し合っていると信じていたようだったからだ。

なんとなくみんなが無言になり、愛華もその雰囲気の中で朝食を摂った。

食べ終わると、孝介が立ち上がった。

「じゃあ……」

愛華は頷き、彼の後ろについていく。昨日話した書斎ではなく、連れていかれたのは、二階の彼の部屋だった。

大きなベッドが目に入り、ドキッとする。

わたしはあそこで……。

あれはそれほど前のことではない。彼に抱かれて、プロポーズをされた。そして、愛華は彼に愛されていると信じ込んだのだった。

あんなに幸せだったのに……。

愛華は目を伏せた。

「ここに座って」

彼の部屋にあるソファは、ベッドに背を向ける形で置いてあり、前に小さなテーブルがあった。壁にはテレビがかけてあり、ここに座ると、ちょうどいい具合に見られるようになっていた。

愛華はソファの端に座ったが、孝介は立ったままで腕組みをして、壁にもたれた。

「僕は今までと気持ちは変わっていない。君と結婚したい。できれば、今日、婚姻届を出したいと思っている」

彼はそう言うだろうと思った。そうすれば丸く収まる。父や淑子との関係も考えると、本当はそれが一番いいに決まっている。

ただし、愛華の気持ちだけは犠牲になってしまう。

孝介を愛している気持ちが宙に浮くのだ。愛していればこそ、つらくなるだろう。家族としての愛だけで、満足できるとは思えない。

もちろん、彼はわたしを大事にしてくれるだろうけど……。

「わたしは……やっぱり結婚できない」

彼は眉を寄せ、愛華を鋭い眼差しで見つめてきた。

「ダメなのか？」

「無理よ……」

本当は結婚すると言って、彼を安心させてあげたい。愛していれば、彼のために耐えられるのではないかと一瞬思う。

でも……やっぱり……。

「もう少し時間を置くというのはどうだ？　僕は待つよ。君の気持ちが変わるまで」

あなたの気持ちが変わることはないと言うの？

愛華はそのことがショックだった。

「わたし、よく考えたの」

「そうかな？　君には時間がもっと必要だと思う。今日が無理なら、もう急《せ》かすのはやめにする。だから、じっくり考えるんだ」

「いくら考えても……わたしは自分を愛していない人と結婚したくない」

「愛華……」

彼は困ったように息をつき、額に手を当てた。

自分が彼を困らせているのかと思うと、胸が苦しくなってくる。今から自分は彼をもっと困らせることを口にするからだ。

「わたしね……家に帰ろうと思うの」

彼ははっとしたように顔を上げた。

「何を言っているんだ……。君の家はここだ！」

「そうは思えない。わたしはここに来るべきじゃなかったんだわ。最初から……父を捜しにこなければよかった」

そうすれば、自分の父親が浮気者であることや、娘を手許《てもと》に置きたい一心で、自分の養子と結婚させようと画策するような人間であることを知らずに済んだ。

そして、自分の愛している人が、家族との絆を深めたいあまりに養父の言いなりになる人だったなんて……。

わたしは知りたくなかった。

彼に愛されていなかったなんて。

「君はここにいてくれ。僕と一緒に家にいたくないなら、僕はマンションに移るから」

新婚家庭となるはずだったあの部屋に、彼は一人で住むつもりなのだろうか。いくら愛華を愛していないとはいえ、さすがにそれでは惨《みじ》めな気持ちになるだろう。

「わたしはあなたを追い出すような真似はしたくないわ」

「いや……とにかく君はこの家にいてくれ。いなくちゃいけない」

彼がそう言い張るにはわけがある。

父が愛華を手放したくないからだ。恐らく愛華が何を言っても、それは平行線なのだ。

仕方ない。愛華はその場しのぎのことを言うことにした。とにかく、この話を続けることも苦痛でたまらないからだ。

「それなら、一ヵ月だけ家に帰ることにする」

「一ヵ月？　だが……」

「一ヵ月もすれば、たぶん妊娠しているかどうか判ると思うの」

本当にそうなのかは知らない。愛華はまだ妊娠のことまで考えていなかったし、知識はまったくなかったからだ。

孝介は迷っているようだった。愛華に残るよう説得すべきか、それとも引くべきか。彼の頭には、愛華が妊娠していたら、考え直すだろうという計算もあるに違いない。

必ずしも子供ができるとは限らない。

しかし、愛華の意志を無視して、ここにいさせることや結婚させることはできないのだ。

「一ヵ月は長すぎる。せめて一週間はどうだろう」

「お願い……。わたし、ここにいることがとてもつらいの……」

彼はぐっと唇を噛み締めるような表情になった。

「君はずるい。そんな言い方をされたら、拒《こば》めなくなる」

「ごめんなさい。でも、自分でもどうしようもないのよ」

愛華は気持ちをコントロールできるほど器用ではなかった。それに、彼に我慢を強いられるのはやはりおかしいと思うのだ。

「それなら……行ってしまえばいい。僕とお父さんを置いていけばいい。母も君のことが大好きなのに、こっちの気持ちは踏み躙《にじ》るんだな」

嫌味な言い方をされて、愛華はムッとする。

「そうね。あなたとお父さんがとんでもない計画を立てなければ、こんなことにはならなかったわ！」

彼が怒るのは間違っている。そういう思いから、愛華はつい強く言いすぎてしまった。

孝介は苛立った様子で壁から離れ、こちらに近づいてきた。

「とんでもない計画で悪かったな。僕はこれでも君を思いやっているつもりだったのに」

「何を思いやったと言うの？」

「君だって、家族が欲しかったはずだ。ここにいて、居候みたいに居心地が悪いところもあったんだろう？　だから、僕が君の家族になるつもりだったのに。君が気に入る新居も用意した。愛がどうのこうのなんて、どうでもいいじゃないか！」

どうでもいいですって？

愛華は思わず彼に掴みかかった。だが、逆に両手首を捕まえられて、ぐいと引き寄せられる。

そして、唇を乱暴に奪われた。

ぐいぐいと押してくるようなキスで、心地よさの欠片《かけら》もなかった。

ただ痛いだけ……。

こんなのキスじゃないわ。少なくとも、わたしが求めているキスではない。

しかし、彼の乱暴な振る舞いの影に、悲しみや苦しみが感じられた。

そうよね。彼も家族が欲しかったのよね……。

父は本当の親子になりたかった。どうしてそこまで思いつめなくてはならないのか、愛華にはよく判らないが、彼にとっては大切なことだったのだ。

それを愛華が結婚を拒絶することで、奪ってしまった。苛立ちと共に、悲しみや苦しみがあって当然だった。

それでも、譲れないものがあるの。

愛華は、愛なんてどうでもいいと言った彼が許せなかった。

血の味がする。唇か何かが切れたのだろうか。そこまで乱暴にキスをされて、愛華はカッとなった。

なんとか彼から逃れると、彼の頬を平手打ちにした。

階段を下りていく。

抜けて、愛華は部屋を出ていった。そして、自分の部屋に戻り、まとめていた荷物を持って、

しかし、孝介は急に大嫌いと言われてショックを受けていた。呆然としている彼の傍をすり

嫌いになんかはなれない。いくら許せないと思っても、急に嫌いになんかなれなかった。

それは嘘……。

「大嫌い！」

一応、挨拶をするためにリビングへ行くと、父が愛華の荷物を見て、仰天していた。

「愛華……！　どこに行くつもりだ！」

「一ヵ月ほど、家に帰ります」

「愛華ちゃん！　待って！」

淑子はソファから立ち上がり、愛華に駆け寄った。

「お願いだから……行かないで。結婚を考え直せとは言わないわ。あなたを騙して結婚させようなんて、ひどい計画だと思う。あなたが傷つくのも判るわ。でも……」

「ありがとう、淑子さん。でも、離れて考えたいの」

そう言われたら拒否できないと判っていながら言うのは、卑怯かもしれない。けれども、卑怯でもなんでも、今はこの家を離れたかったのだ。

父はすっかり肩を落としている。

「それなら……車を用意させるから」

「いいえ。もういいわ。わたし、一人で帰れます」

初めてここに来たときは誰の手も借りずに来たのだ。帰るときもそうすべきだと思った。どのみち、残したものはいずれ取りにこなくてはならないが。

「おまえはなんて頑固《がんこ》なんだ……。孝介みたいな男はもう現れないぞ」

それは判っている。誰と出会っても、彼と比べてしまうだろうということも。

彼以上に愛せる男性に巡り合えるとは思えない。

それでも、今は……。

「ごめんなさい。お父さん……」

「愛華、私が全部悪いんだ。孝介は悪くない」

愛華は頷いた。が、恐らく自分は孝介と父に騙されたことより、彼に愛されていなかったことに傷ついているのだ。そして、愛されているように思わせたことに対して腹を立てている。

「それじゃ、お父さん……。それから、淑子さん、今までありがとう。本当の娘みたいによくしていただいたのに」

淑子は涙を浮かべて首を振った。

「いつでもまた帰ってきて。待っているから」

愛華も涙を浮かべながら、それでも家を出ていった。玄関から前庭へと歩いていると、視線を感じる。振り向いたら、二階の窓から孝介の顔が見えた。

ズキンと胸が痛む。

彼に大嫌いなんて言ってしまった……。

そんなわけはないのに。

このまま彼と別れたくない。そんな思いが込み上げてきたが、必死で押さえつける。門扉を出て、歩き出そうとしたとき、後ろから車が近づく音とクラクションが聞こえた。

ビクッとして振り向いた。そこには、大きな外車があり、運転席から義人が顔を出す。

「愛華ちゃん！」

彼と会うのはあのパーティー以来だ。ちゃん付けなんかされたくないが、一応、ちょこんと頭を下げた。

「どこに行くんだ？　そんな荷物を提《さ》げて」

「……少しの間、家に帰るつもりなの。ずっとほったらかしにしているから」

彼にあまり杵築家の事情を話したくない。何かあったと勘繰《かんぐ》られるのが嫌だから、笑顔で答えた。

「へえ、どうして車を使わないんだ？　喧嘩《けんか》でもした？　孝介と」

「そういうわけじゃないけど……」

「まあいいや。駅まで送っていってやるから乗りなよ」

「けっこうです。それに、何か用事でここに来たんじゃないんですか？」

愛華はまだ彼を警戒していた。パーティーでされたことは忘れてない。彼が孝介に敵意を抱いているということも。

「ああ、君と孝介が婚約してるって聞いてね。そのことを確かめようとしたんだけど、どうやら本当のことらしいね」

彼に指を差されて、自分がまだ婚約指輪をしていることに気がついた。最初は指輪をしていることに違和感を持っていたが、今ではしていることさえ忘れるほど指に馴染《なじ》んでいる。結婚しないと言い切ったのだから、これは置いてくるべきだった。だが、今から返しにいくのはずいぶん間抜けだ。

どうしよう……。

「それで、用事はもう済んだというわけだ。どうせ会社に行くついでだから、遠慮しなくていいよ」

遠慮というより警戒しているだけなのだが、確かに今日は平日だ。義人のような重役であっても、普通は会社に行くものだろう。

「それなら、駅までお願いします」

あまりしつこくされても迷惑だから、おとなしく乗ったほうがいい。それに、朝から車の中で何かあるわけもないだろう。

愛華は荷物を持って、助手席に乗り込んだ。義人はその荷物を取り上げて、後部座席のほうに置いてくれる。

「ありがとう……」

「どういたしまして。それより、君が出ていく理由は気になるな。本当に喧嘩したわけじゃない？」

「そういうわけでは……。ただ、結婚するなら実家のことはきちんと片づけて、売るなりなんなりしないと……」

自分はどうして孝介との結婚がなくなったことを彼に告げられないのだろう。いくら義人が孝介に敵意を持っているからといって、もうなんの関係もないのに。

しかし、どうしても義人には真実を告げたくなかった。彼に何か有利になると思わせる気にもなれない。

車は動き始める。義人はそれからも質問をしてきたが、どれも孝介との仲を探ろうとしている質問だった。

彼はお節介なことに、最寄りの駅ではなく東京駅まで送ってくれた。愛華はその間ずっと義人の質問をのらりくらりとかわす羽目になったが、そのうち駅に着いたので、そそくさと礼を言って降りた。義人は二人の仲がどうなっているのか知りたいようだったが、彼が欲しい情報は与えなかった。

新幹線に乗り込み、座席に腰を下ろして、ほっと息をつく。

愛華は初めて新幹線で上京した日のことを思い出した。あのときは、ただ何も判らず不安でいっぱいだった。今は悲しみだけが胸の中にある。

何も知らないほうがよかったのかもしれない。

父のことも……。

孝介のことも、知らなければ、こんな気持ちにはならなかったのに。

過ぎ行く風景を眺めながら、愛華は涙をじっと堪えていた。

第六章　愛を確かめ合う二人

孝介は出社したが、落ち着かなかった。

社長室の立派な机に着いて、パソコンに向かっているものの、視界は何も見ていないも同然だった。

頭の中には愛華のことしかなくて……。

窓から、愛華が義人の車に乗り込むところを見てしまった。車に乗ったというだけなのに、裏切られたように思うのは何故なのだろう。

愛華はパーティー以来、義人とは会っていないはずだ。だが、自分が知らないだけで、会っていた可能性がないとは言えない。

愛華と義人……。二人は何か接点があっただろうか。

そんなことを考えていると、何故だか苛々してくる。義人が愛華を狙っていたのを知っているからだ。

しかも、義人が欲しがっているのは愛華本人ではなく、彼女が受け継ぐであろう財産や、父との繋がりなのだ。つまり、この会社における権力だった。

そんな男に愛華を渡すわけにはいかない。彼は愛華のことなど、なんとも思っていないからだ。

だが、僕も義人と同類なのでは……？

ふとそんな考えが頭に浮かび、激しく否定した。

少なくとも、孝介は愛華に好意を抱いている。家族として一生大事にする気持ちがある。欲しいのは財産ではないし、会社での権力でもない。

だが、彼女にとっては、自分も義人も変わりはないように思えるかもしれない。

もし、彼女が泣いていて、義人が慰める気になってしまったら……。

義人は女を口説くときの演技が上手い。愛華が彼の毒牙《どくが》にかかってしまったら、一体どうすればいいのだろう。

義人が愛華を抱き締めて、あの唇を奪ったとしたら……。

孝介はたまらず机を拳で叩いた。

隣の続き部屋で、椅子が動く音がした。個人秘書がきっと驚いたのだろう。

馬鹿なことをした。こんなことをしても、ただ自分の手が痛いだけだ。少し落ち着こう。義人が愛華に何かしたとは限らない。

しかし、愛華はあまりにも可愛らしい。もちろん綺麗だし、スタイルもいい。しかも、義人は彼女のバックにあるものを欲しがっている。義人にしてみれば、可愛い子ウサギが自分の懐《ふところ》に入り込んできたのだ。パクリと食べてもおかしくなかった。

いや、いくらなんでも、そんなことは愛華が許すはずがない。夜、密室でなら判らないが、明るい日中の車の中だ。しかし、義人が愛華を丸め込んで、どこかに連れて行かないとも限らない。

愛華に限って、義人にそんな隙を見せるとは思えないが……。

今の愛華は心が傷ついている。隙がないとは言えない。

こんなことをいろいろ悩むのも、肝心の義人がまだ出社していないからだ。重役で、会議もなく、人と会う予定はないとはいえ、秘書に遅くなるとだけ連絡して、出てこないのはどういうつもりなのか。

私生活ではいい加減な男だが、あれでも仕事は真面目なのに。

義人のスマホにこちらから連絡させようか。いっそ、愛華のスマホに電話をかけたほうがいいだろうか。

だが、自分からの電話では、愛華は出てくれないかもしれない。

孝介は自分がこれほど愛華のことで見苦しく取り乱していることが信じられなかった。女性と付き合ったことがないわけではないが、一度もこんな気持ちになったことはない。ここまで心配はしないし、馬鹿みたいに机を殴ったこともない。

一体、僕はどうしたんだ……！

確かに、愛華は特別な存在ではある。婚約どころか、結婚寸前まで行っていたのだ。昨夜、父がまたマンションに引っ越すことについてあれこれ言ってこなかったら、今頃、婚姻届を出していて、気分よく仕事ができていたことだろう。

そうだ。あのことさえ、ばれていなければ……。

まさか扉が半開きだったとは思わなかった。そして、愛華がコーヒーを淹れて、持ってきてくれるなどということは。

しかし、ちゃんと警戒しておくべきだった。家の中であの話をするときは。

愛華の涙を思い出して、孝介は気が重くなった。

彼女を傷つけてしまった……。

そんな気はなかった。それどころか、彼女を一生守ろうと決心していた。彼女と家庭を作り、子供達と共に生きていくつもりだった。

僕は父の求めに応じて、結婚することを目的に、愛華をデートに誘った。彼女の心を弄んだと言われても仕方ないかもしれない。けれども、弄ぶつもりなんてなかった。彼女を愛していなくても、惹かれる気持ちはあった。ベッドに連れていったときも、本心から彼女を抱きたかった。あれは義務感からではは絶対なかったのだ。

彼女がロマンスという夢物語を信じていることは判っていた。けれども、彼女のほうも別に自分を愛しているとは口にしなかった。だから、彼女が求めているのは愛ではなく、愛に似た夢物語なのだと思った。

どちらにしても、彼女を一生大事にすることには変わりはないのだから……と。

父の願いが発端なのだと、彼女が知らなければ、すべて丸く収まったのに。

何も知らなければ、二人は幸せに過ごせたはずだ。あのマンションで新婚生活を始めて、二人はずっと一緒にいたはずだ。

朝は彼女の眠たそうな顔を見ながら起きて、彼女の手作りの朝食を食べる。にこやかに笑うその唇にキスをして、会社に出かける。帰ってきたら、彼女にまたキスをして、手作りの夕食を食べて、それから……。

そうだ。孝介はそんな生活を送ることを楽しみにしていた。

父の願いなど、そっちのけで。

今は自分の夢が壊れてしまったと感じている。だが、そもそも、自分の夢とはなんだったのだろうか。

父の本当の家族になること。兄の弘泰のように、本当の息子となること。

孝介はふと気がついた。愛華が実家に帰ってしまい、本来の目的が失われたが、それについてはあまりショックを受けてはいないようだ。

孝介がショックを受けているのは、愛華が去ったことだけだ。

彼女と結婚をする望みがなくなり、夢見ていた生活も消えてしまったことだ。

『大嫌い！』

彼女はそう言い残して、去ってしまった。

僕を残して。

彼女は僕に愛されていると信じていた。

それなら……彼女は僕を愛している、ということだろうか。一言も口にはしなかったから、そうではないと思っていた。

愛華は僕を愛している……。

突然、雷《かみなり》に打たれたように、孝介に衝撃が走った。

彼女に愛されているという事実が、胸の中に広がり、それが全身に広がっていく。同時に身体に温かいものが広がっていき、そのとき初めて、孝介はこの気持ちこそが愛の証《あかし》なのだと気がついた。

　僕は愛華を愛している……。

　孝介は息を吐いて、自分の両手を見つめた。細かく震えていて、自分が感動に満ち溢れているのが判る。

　僕の心にも愛があった。

　そんなものはないと、ずっと思い込んでいたが、心の奥のほうに仕舞《しま》い込《こ》まれていたものだったのだ。

　愛華を愛していないなんて、どうして思っていたのだろう。ただ肉体的に欲しているだけだと思うことで、自分は一体何を守ろうとしていたのか。

　ああ……そうだ。彼女が父の実の娘だったからだ。

　自分は弘泰の代わりだとずっと思ってきた。しかし、彼の代わりにはなれないとも思ってきた。彼は孝介の理想の男だったから。

　父にはいつも弘泰と比べられているような気がしていた。父にそんな気はなかったかもしれないが、たまに言われることがあった。

『弘泰は違うやり方をしていたがなあ』

『おまえも弘泰のようになってくれると嬉しいな』

『弘泰はこういうことは上手かったんだが』

そんなことを言われるたびに、孝介は落ち込んだ。嫉妬というのとはまた違う。孝介も弘泰のことが好きだったからだ。

弘泰がいない悲しみが心に渦巻く。同時に、弘泰を失った父の悲しみも伝わってくる。だから……弘泰のようになりたかった。父の実の息子同様になりたかった。戸籍上ではなく、一緒に暮らしているからでも、会社の跡継ぎだからでもなく、ただ自分を弘泰のように認めてもらいたかった。

そこに、愛華が父の実の娘として現れた。

彼女は無条件で父に愛された。弘泰の代わりを演じてきた孝介はショックを受けた。だが、父が実の娘を愛するのは当たり前の話だ。ただ、孝介は家族の中で疎外感を覚えることになり、自分は他人だという気持ちが強くなっていった。

ともあれ、家族の一員でいたのなら、彼女に惹かれながらも手を出すことはもちろん許されない。兄として見守る。それしか選択肢はなかった。

あの頃も愛はすでに育っていたのに……。

そんなものは必死で否定してきた。欲望さえも否定しなくてはならなかった。

父に結婚の話をされて飛びついたのは、本当の家族の一員となりたかったからだった。そして、彼女を自分のものにしたかったからだ。

けれども、彼女への気持ちを抑えていたり、家族への渇望がなかったとしたら、もっと早くに気がついていたに違いない。

僕は彼女を愛しているのだと。

もう他のことはいい。愛華と結婚したところで、自分が父の亡くなった息子の代わりには絶対になれないことは、本当はもう判っている。

弘泰は弘泰だ。父の心の中に生きていて、それは消せはしない。父の理想の息子のままの姿で残っている。

孝介はどんなに努力しても、成り代わることはできない。思い出には所詮勝てないのだ。

だから……それはもういい。

大事なのは愛華だけだ。愛華を手放すことは考えられない。

大嫌いと言われてしまったが……。

それでも、彼女への愛は失われていない。それなら、彼女も同じなのではないだろうか。

孝介は勢いよく立ち上がった。そのとき、扉がノックされた。

こんなときに誰なんだ！

一瞬怒りの声を上げそうになったが、ぐっと堪える。ここは会社だ。社長室だ。そして、自分は社長だ。

入るように促すと、扉が開いた。そこには義人の姿があった。

「すぐに社長室に来るように言われたが……一体なんの用事だろう」

孝介はぐっと彼を睨みつけた。

「おまえは愛華を車に乗せたな？」

義人はにんまりと笑った。

「乗せたよ。家に帰るって泣きながら言うから、乗せてやった。婚約したんじゃなかったのかな？　おめでとうを言う前に、結婚はなくなるんじゃないか？」

「そんなことはない！」

「そうかな。愛華ちゃんは泣き顔も可愛かったな。僕は彼女を慰めてやって……」

「なんだって？」

孝介はカッとなって、義人に詰め寄った。

「愛華に何をしたんだ？」

義人は驚いたように後ろに下がった。

「いや、冗談だよ。だから、駅まで送ってやっただけだよ。東京駅まで。……おまえが会社でそんなに取り乱すなんてね。まさかと思うが、おまえ、本気であの娘に……？」

「まさかとはどういう意味だ？　僕は財産狙いなんかじゃない！」

「判った、判った。ただ、彼女は本気で傷ついていたようだったぞ。なんとか事情を聞き出そうとしたが、頑として言わなかったけど」

そこは愛華らしい。義人に迫られたことを覚えていて、きっと警戒していたのだろう。

孝介は少しほっとした。義人がおかしな真似をするのではないかと疑っていたが、彼もそれほど杵築家の財産にこだわっていたのではないのだろう。

「それで、駅まで送っただけなのに、どうして遅くなったんだ？」

義人は肩をすくめて笑った。

「おまえの家にまた戻って、事情を聞いてみた。まあ、おまえのお母さんしかいなかったし、大したことは聞けなかったが」

母も義人があまり好きではないし、そもそも義人と話すどころではなかったかもしれない。

「それで、用事というのは、愛華ちゃんのことだけなのか？」

義人はからかうような笑みを見せている。こんな奴に自分の本心が知られるのは歯がゆいが、どうでもいい用事をでっち上げる時間がもったいないので頷いた。

「それで、立ち上がってどこへ行くつもりだったんだ？」

「うるさい。早く自分の部屋に戻るんだ」

「はいはい。まったく公私混同なんだからな」

義人はぶつぶつ言いながら出ていったが、確かにこれは公私混同だ。今まで一度もこんなふうに振る舞ったことはないから、義人はこの話を親戚中にばらまくつもりかもしれない。

だが、もうどうでもよかった。

とにかく愛華を取り戻す。

今の孝介の頭の中にはそれしかなかった。


愛華は実家に帰った。

近所の友人に時々、風を通してもらっていたから、家が傷んでいる様子はないが、それでも長い間、人が住んでいない家はなんだかがらんとしていて冷たく感じた。

愛華は軽く掃除をして、布団を干したものの、他のことをする気は起きなくて、ぼんやりと縁側に座っていた。

この家は愛華が生まれ育った場所だ。家の隅々までよく知っている。懐かしい我が家のはずだった。

でも……今はなんだか淋しい。

当たり前だが、ここにはもう誰もいない。

わたし一人きり……。

それは杵築家へ行く前までと同じなのに、杵築家で過ごした日々の後では、感じ方が違う。このままここにいたら、淋しさに押し潰されてしまいそうだった。愛華は戸締りをして、玄関から道を隔《へだ》てたところにある公園に向かった。

公園では小さな子供達が遊んでいる。そして、その母親達が集まって話をしていた。愛華はその邪魔にならないように、隅のベンチに腰かけた。

子供達はすべり台を滑ってみたり、砂場で遊んだりしている。愛華はそれを眺めながら、ぼんやりと自分と孝介の間に生まれるはずだった子供のことを考えていた。

赤ん坊が生まれたら、孝介はどんな顔をして接するのだろう。優しい顔に違いない。何か話しかけたりするのだろうか。父も淑子も孫を可愛がるに決まっている。それこそ、誕生日やクリスマスには大変なことになるに違いない。

わたし……孝介さんの子供が欲しかったのに。

愛華はそっと自分のお腹に触れてみた。

妊娠しているかもしれないし、していないかもしれない。いっそ子供ができていればいいのに。

そう思ったが、子供ができていたら、結婚しなければならない。シングルマザーにはなりたくないからだ。かといって、子供ができていなければ、孝介とはこれきりということになる。愛なんてものを求めずに、彼と結婚すればよかったかもしれない。

でも、それではやっぱり……。

自分の中で結論は出たはずなのに、やはりいつまでも孝介のことを考えてしまう。忘れることなんてできるのだろうか。

心から愛した人のことを。

会いたい……。

大嫌いだなんて言って、別れてきたというのに、彼に会いたくて仕方がない。もう今すぐ杵築の家に帰ってしまいたい。

彼の胸に飛び込んで、優しく髪を撫でられたい。抱き締めてもらいたい。キスをしてもらいたい。

そんなことはできないと判っているのに、心がどうしても孝介を求めてしまう。

わたしはいつまで彼のことを考えればいいのかしら。

いつの間にか時間が過ぎていた。遊んでいた子供と母親達はいなくなっていて、愛華もそろそろ買い物でも行こうかと立ち上がった。

そのとき、後ろから声をかけられた。

「愛華……」

聞き慣れたその声に、愛華は振り向いた。

そこには、信じられないことに孝介の姿があった。一瞬、会いたいとあまりにも強く願っていたから、幻を見たのかと思った。

もちろん幻ではない。生身の孝介だ。彼は会社からまっすぐ来たようなスーツ姿だったが、髪は少し乱れていて、なんだかやつれているような印象を受けた。

「ドアチャイムを鳴らしても君が出てこないから、僕に会いたくないのかと思った。でも、振り向いたら、公園にいるのが見えた」

これほど彼に会いたかったというのに、この心は彼には届いていなかったらしい。

「でも、どうして来たの……？」

「君に戻ってもらいたいんだ」

愛華は眉を寄せて首を横に振る。

「そんなことはできないわ」

「愛華……」

「お父さんに連れ戻してこいって言われたの？」

彼ははっとしたように目を見開き、それから強く頭を振った。

「そうじゃない。僕は……僕の意志で来たんだ。君が僕の前からいなくなるなんて耐えられないから」

それはどういう意味だろうか。愛華は彼の本心を聞いたような気がするが、よく判らない。

「孝介さん……」

公園にまた別の子供と母親がやってきた。

愛華は家のほうを手で示した。

「とにかく、向こうに行きましょう」

こんな所では落ち着いて話せない。それに、あの淋しい家も彼がいたら、きっと別の印象に変わるような気がした。

愛華は先に立って、家に向かった。といっても、道路を隔てた先にある家だから、大した距離ではない。

「目の前が公園なら、君もあそこで遊んだのかい？」

「そうよ。暗くなるまで遊んでは、祖母に叱《しか》られていたわ」

彼に祖母との思い出を話すと、少し胸の中が温かくなる。それがとても不思議だった。

玄関の扉を開けて、二人は中へと入った。リビングに通してL字形のソファに座ってもらったが、コーヒーを出そうにも電気ポットにお湯がない。

「ごめんなさい。今、お湯を沸かすから……」

「それはいいから、こっちに座ってくれ。僕はここにお茶を飲みに来たんじゃないんだ」

愛華は頷き、彼とは違う側のソファに腰かける。

「婚約していたというのに、君はよそよそしいんだな」

「だって……」

「いや、ごめん。嫌味のようなことを言ってしまって。ただ……淋しいなと思ったんだ」

彼の言葉に愛華の胸が震えた。

わたしも今、同じことを思ったから……。

彼とくっついて座ることが好きだった。けれども、自分から婚約破棄して、実家に逃げ帰っておいて、今更、彼の隣に座れるほど図々しくはなれない。

「思い出すな。僕が前にここに来たときのことを。君は僕を警戒していた」

「あのときは……まだあなたのことを知らなかったし」

「そうだな。僕は最初に会ったときから君を傷つけていた。意地悪なことも言ったし、君から見れば不可解な行動をしていたときもあったかもしれない」

愛華は頷いた。

彼は妙に自分を避けていた時期もあった。しかし、今ではそれが父に配慮した行動だったと判っている。彼の基準はいつもそこなのだ。

「あなたはいつもお父さんのために動いていたのよね……」

彼は一瞬押し黙ったが、次に口を開いたときは前のめりになっていた。

「ひとつ君に聞いてもらいたいことがある」

「え……何？」

「僕と兄……君のお兄さんでもあるが、弘泰との関係だ。僕は母が結婚して、杵築家に来たとき、君以上に警戒していた。実の父がひどかったのは話しただろう？　大人の男というものが信じられなかった。だから、父さんにも最初は他人行儀に接していたんだ……」

彼は母親が暴力を振るわれていたと言っていた。だが、もしかしたら、自分も暴力を受けたことがあったのかもしれない。そういった男性が近くにいたことはないのでよく知らないが、だいたい暴力は弱い相手に振るうものと決まっている。

愛華はふと、再婚を決めた淑子の気持ちを考えてみた。孝介も傷ついていたに違いないが、淑子の心の傷はもっと深かっただろう。それほどまでに、父の魅力は大きいものだったのだろうか。いや、それより一緒にいて、安心できると思ったに違いない。よほど信頼していなければ、子供を連れて再婚しようとは決心できないはずだ。

確かに父は暴力を振るわなかった。家庭を壊すことはしていない。浮気はしていたようだが。それでも、暴力を振るう男に比べればずっといい。一緒に暮らしていても、安全は保証されているからだ。

淑子が再婚するにあたって、やはり一番心配なことは子供である孝介のことだったろうと思う。だから、孝介にいい影響を与えられると信じての再婚だったのではないだろうか。

孝介は話を続けた。

「杵築家には僕より二つ年上の少年がいて、彼が僕の新しい兄となった。というより、兄弟ができるのは初めてだった。小動物のように警戒して挙動不審になっている僕を、彼は昔からの親友のように扱ってくれた。兄がいてくれたから、僕は杵築家に馴染むことができて、父さんにも馴染むことができるようになった。兄はとても優秀で、スポーツでもなんでも本当に上手かった。父さんは兄を自慢の息子と考えていたし、僕は兄のようになりたいと憧れていた。それが僕の目標であり、夢だと……。ただ、兄はあまりにも早く亡くなってしまった……」

孝介は本当につらそうな表情になった。

弘泰は愛華の血の繋がった兄ではあるが、会ったこともないので、その死を悲しむことはできない。悲しむとすれば、若くして亡くなったことだろうか。生きていれば、会うことができたのだろうが、残念でならない。

しかし、孝介にとっては、実の兄以上の存在だったようだ。

「お父さんも今でも弘泰さんのことをよく話しているわ。まるでまだ生きている人みたいに」

「そうだ。僕は兄のようになりたいと望み、そんなふうに振る舞ってきた。兄のように完璧な人間になれないけれど、そうなろうとした。父さんのほうもそんな僕をだんだん認めてくれるようになった」

愛華はその話を聞いて、何か薄ら寒いものを感じた。今まで気づかなかったが、孝介と父の関係には違和感がある。

「それ……おかしくないかしら。お父さんはあなたを弘泰さんの代わりにすべきではなかった。あなたは弘泰さんの代わりになろうとするべきじゃなかったし、お父さんに認めてもらうことを目標にすべきじゃなかった……と思うんだけど」

「そのとおりだ」

彼はそれを認めた。

「僕はくだらない男だった実父から逃れられたことを幸運に思っていた。そして、新しい家庭ができた。素晴らしい父と兄ができて……僕はその恩返しをしなくちゃいけないと思っていた。そうしなければ、本当の家族の一員になれないような気がしていたんだ」

弘泰が亡くなったのは十年前だという。まだ若かった彼の心に、兄の代わりになり、父を悲しみから救おうという決意が芽生え、十年間もそれに縛られていたのだ。

「僕はそうしたことを無意識にやっていて、それを正しいことだと信じていたと思う」

「お父さんもあなたとのその関係が正しいように思っていたのね。だから……あなたに無理難題を押しつけた。わたしとの結婚を……」

「無理難題なんかじゃなかった」

「でも……」

「僕が言いたいのは、最初にその件を引き受けたのは、そういう経緯があったからだと説明しているだけだ。だが、あれは無理難題じゃなくて、本当は僕にとって飛びつきたくなるほど魅力的な話だったんだ」

愛華は首を振ってうつむいた。

「無理しなくていいわよ。だって、本当はわたしと結婚なんてしたくなかったんだから」

「そうじゃないと言っただろう？」

「でも、あなたはその……ただわたしを……」

「そう。君を抱きたかった。君を自分のものにしたかった。そのときは……君に対する気持ちはそれだけだと思っていた。だけど、僕はそもそも自分の本当の気持ちをずっと押し殺してきたんだ」

彼の本当の気持ちというのは、なんなのだろう。愛華が顔を上げると、彼と目が合った。真剣な眼差しで見つめられていて、ドキッとする。

「僕が初めて君を意識したのは、最初に君を見たときだった。正直、好みだと思った。それなのに、父の愛人だと思ってしまったから、カッとなって、ひどい言葉を投げつけてしまった。二度目に意識したのは……そう、ここだった。君が泣いているのを慰めたとき、何かおかしな気分になった。そして、君が上京してきたとき、つい自分で迎えに行ってしまった」

「あ、あなたは……何を言おうとしているの？」

そんなことを並べ立てられても、何も変わらない。というより、妙な期待を抱いてしまう。

「いいから聞いてくれ。僕は今まで自分の気持ちを少しも君に打ち明けてこなかった。今は、正直に話をしている。何もかも言うから……」

これが彼の本当の気持ちなのだ。彼が押し殺してきて、愛華にも言わずにいた嘘偽りない本当の気持ちだ。

それなら、聞いてみたい。いや、聞かずにはいられなかった。

わたしの愛した人のことだから……。

「判ったわ」

彼は頷き、話を続けた。

「君を部屋に案内したとき、とても心細そうにしていた。君を抱き締めて、キスをして、慰めてやりたかった。目が合ったときに視線を外せなくなって、初めて自分が怖いと思った。君に近づきすぎると、とんでもないことになる。君は父の実の娘だ。手を出していいはずがない。僕の行動の基準はさっき言ったように兄だ。兄のように父さんに信頼され、家族の一員として認められたい。そう思っているのに、君に手を出すなんて絶対あってはならないことだ」

「だから……わたしとなんとなく距離を置いていたのね」

「君も気づいていたのか。気づかれないように振る舞っていたつもりだったのに」

あのときは自分の勘違いかと思うときもあった。けれども、過剰に家族として振る舞っているような気がしたのだ。

「あのパーティーの夜……義人のせいで、僕は嫉妬してしまった。誰にも渡したくなくて、あの一瞬、抑えていたものが噴き出して、君を抱き締めてキスをした。してはならないことだと、自分を戒《いまし》めて、殊更《ことさら》、君から距離を置こうとした」

「あれは露骨だったわ」

「そうだな。いっそ家を離れようかと思ったくらいだ。でも、そうしたら、君はきっと自分のせいだと気に病むと思った」

確かにそうだ。彼がそれに気づいたのは、愛華のことを避けながらも理解してくれていたのだということだ。

「そんなときに、父さんに言われた。君と結婚してくれと。君が仕事に行くなんて言い出さないようにと……」

「お父さんはわたしをなんだと思っているのかしら。そんなことのために結婚させようなんて」

この話を聞いて、最初は孝介に愛されていないという悲しみのほうが大きかったが、改めて聞くと、孝介に結婚を押しつけた父に腹が立ってくる。

「ひどい話だと判っている。最初は僕も断った。でも、父は新たな候補を立ててくるかもしれない。僕は君が他の男と付き合うと想像しただけでも嫌だった。僕のものにしたい。だから、君と結婚すると決めた。もちろん君が見合い結婚みたいなものを受け入れるはずがないとも思っていたから、食事に誘った」

「最初からわたしを誘惑しようと計画してたの？」

「そうではないとは言えない。でも、何度もデートをして、君と判り合えるようになっていたし、そろそろプロポーズをしたいとは思っていた。それに……僕はもう君の兄のように振る舞うことができなくなっていたんだ」

つまり、わたしを抱きたいという欲望が抑えられなくなっていたということ？

愛華はそう思って、顔が熱くなるのを感じた。何しろ愛華のほうも、あのとき抑えられないものを感じていたからだ。

キスされたい。抱かれたい。という気持ち以上に、彼への気持ちが抑えられなくなり、恋人同士になりたいと思っていた。彼にそうされたとき、夢が叶ったと思ったのだ。

「あれが計画的じゃなかったのは嬉しいわ。自然な気持ちからだったのなら……」

たとえ愛されていなかったとしても、彼の話を聞いて、救われた気分になった。

「僕はデートしていたとき、君をロマンティックな気分にさせればいいと思っていたんだ。でも、君は僕を愛してくれていた……」

彼が思いがけなく熱っぽい視線を向けてきたので、思わず頷いた。彼は何故かほっとしたように息をつく。

そういえば、彼は愛しているとは言ってくれなかったが、愛華も自分から彼に愛しているとは言わなかった。もちろん、あの頃は言わなくても互いの気持ちは同じだと信じきっていたのだが。

頭の隅で、何かおかしいという不安があったのだろうか。

愛を告白しても、何も返ってこないかもしれない……と。

「僕は……薄々それに気づいていながらも、なるべく気にしないようにしていた。後ろめたさがあったんだろう。それでも、結婚したら、君を大事にするつもりだった」

「それはお父さんのため……？」

孝介は一瞬顔が強張ったが、すぐに小さく笑った。

「そう言われても仕方ないな。だけど、父さんとは関係ない。僕は二人だけで新婚生活を始めたかった。もちろん父さんは大反対だった。昨夜もそれで揉めていたくらいだ。それでも、僕は君と二人きりの生活がしたかったんだ……」

愛華はドキドキしてきたが、視線を逸らすことができなかった。

「君が僕のために手料理を作ってくれるところや、毎朝一緒に起きるところを想像していた。僕は……君と家族になりたかった。君が去っていって、思い描いていた生活ができなくなったと気がついたとき、感じたのは絶望だった」

「そんな……絶望なんて……」

「大げさと思うかい？　僕は君の愛を信じていなかった。いや、信じまいとしていた。けれども、君が頑《かたく》なに結婚から逃げたのは、僕から愛されていないと思ったから。つまり、君は本気で僕を愛してくれていたんだと判ったとき……」

孝介は愛華の目を見ながら、ゆっくりと自分の胸に手を当てた。

「ここが熱くなった。そして、熱がじんわりと広がっていった。それが君の愛に対する僕の反応で……。僕はそのとき、これが初めて愛だと気づいたんだ」

「え……それは……どういう意味？」

もしかして、その答えはわたしが求めているものなの？

愛華は期待したくなかった。期待して裏切られたくない。けれども、心の中では期待せずにはいられなかった。

胸がドキドキしすぎて、彼を見つめているのが苦しくなってくる。

孝介は立ち上がると、愛華の隣に座り直した。そして、愛華の手を自分の胸に当てる。

愛華ははっとした。自分と同じように彼の心臓も鼓動が速くなっていた。

「君を愛してる……」

愛華の目に涙が滲んだ。

この心臓の音。

これは彼が心の底からそう思っているという証拠だった。

彼はわたしを愛していなかったわけじゃなくて、わたしを愛していると気づいてなかっただけだったんだわ。

わたしは何も間違ってなかった。

「わ、わたし達……愛し合っているのね？」

「君が僕を大嫌いになっていないなら」

愛華は涙を零《こぼ》しながら、少し笑った。

「あんなの、嘘に決まっているでしょ」

「そう信じていたよ」

孝介は愛華を宝物のようにそっと抱き締めてきた。

「君を愛してないなんて、どうして思っていたんだろう。僕は君を抱き締めているだけで、こんなにも温かい気持ちになるのに」

「あなたは本当の気持ちを抑えてばかりいたから……」

「僕には兄の代わりは務まらないと判っていたんだが」

「そうじゃないわ！」

愛華は顔を上げて、目を合わせた。

「あなたはあなたでとても立派な人よ。お兄さんのようになるとか、お父さんに認められるとか、そんなことはあなたの価値になんの影響もないの。わたしにとって、あなたはあなただから価値がある」

孝介は驚いたように目を丸くしていたが、やがて蕩けるような眼差しに変わって、微笑んだ。

「君がそう言ってくれたら、そんな気がしてきた。僕は僕だから価値がある……か」

「そうよ。それに、お父さんのことばかり気にしてほしくない。今はわたしのほうを向いてほしいわ」

彼は大きく頷いた。

「君しか見ないよ。君が望むなら、この家で暮らしたっていい。君が僕の家族になってくれるなら、もうそれでいいんだ」

彼がそこまで言ってくれるとは思わなかった。本当に愛華しか見ていなければ、こんな言葉は絶対に出てこない。嬉しくて、なんだかくすぐったい気分になってくる。

「何を言ってるの。あなたは仕事があるでしょ。それに、わたし、あのマンションのあの部屋で新婚生活を送りたい」

彼との甘い生活を想像して、準備をしたのだ。あそこはまさしく愛の巣だった。

「それなら……」

孝介は愛華の指から婚約指輪を引き抜き、それを捧げ持った。

「僕と結婚して、これから一生、一緒にいてくれますか？」

彼は改めてプロポーズしてくれている。しかも、ちゃんとしたプロポーズだ。

愛華の心は喜びに舞い上がった。

「はい、あなたと結婚して、一生ずっと一緒にいます」

プロポーズというより、結婚の誓いの言葉のようだった。

でも、とても幸せで……。

愛華は指輪をはめられて、また涙を零した。すると、彼は前のときのように慌ててハンカチをポケットから取り出して、拭いてくれる。

「ごめんなさい。泣いたりして……」

「いや、嬉しいよ。君がこんなに感動してくれて……」

二人は目を合わせた。

自然に笑みが浮かんで、微笑み合った。

そして、どちらからともなく、唇を合わせた。

涙混じりのキスだったが、愛華はとても幸せだった。


その夜、二人は帰京した。

愛華は孝介と共に、父と淑子に改めて結婚することを報告したのだった。父は自分のせいで結婚がなくなったと落ち込んでいたらしいが、これでほっとしていた。淑了はもう喜びのあまり泣きだして、愛華は慌てて謝った。

「何を言ってるの。あなたはなんにも悪くないわ。悪いのは……」

淑子に睨まれた父は困惑していた。

「さっきまで慰めてくれていたじゃないか」

「それは、あなたがあんまり落ち込んで可哀想だったからよ」

とにかく、父は愛華が新婚生活をマンションで送ることに、もう一切反対しないと誓ってくれた。

そして、翌日改めて婚姻届を出し、翌々日の土曜日にマンションへと引っ越した。元々、家具もその他のものもほとんど新調しているので、大した荷物があったわけではないので、引っ越しはそれほど時間もかからなかった。

愛華は昨日のうちに食材を買い込んでいたから、早速、孝介に初めての手料理を振る舞った。

二人きりの夕食……。

これが毎日続くんだわ。

愛華はダイニングテーブルの向かい側で嬉しそうに食べている彼を見つめた。

「君は料理がこんなに上手いとは知らなかった」

お世辞かもしれないが、やはり嬉しい。愛華はにっこりした。

食事の後片付けは二人でやった。

「それにしても、こんなに引っ越しが簡単なら、もっと早くに引っ越してもよかったわね」

もっとも、そうしていたら、愛華は父と孝介の会話を聞くことはなく、孝介が愛に目覚めるのがずっと遅くなっていたかもしれないが。

「父さんがグズグズ言っていたから、こういうことになったんだ。僕はもっと早くにこうしたかったのに」

孝介は愛華の腰に手を回して、抱き寄せた。愛華は力を抜いて、彼に身を任せる。彼は愛華の耳元でそっと囁いた。

「風呂に入ろうか」

「え、お風呂？」

「一緒に入ってみないか？」

彼と一緒にお風呂に入る。まったく想像もしていなかった。だが、新婚なのだから、一緒に入っても悪くはないだろう。

でも……。

「入ってみたい気もするけど……」

「恥ずかしい？　平気だよ」

彼は平気だろうが、愛華は恥ずかしいのだ。けれども、彼とはもう一時《いっとき》でも離れたくない気分なので、一緒に入ることにする。

浴槽にお湯はもう張ってある。脱衣所へ行き、孝介はさっさと服を脱ぎ始めた。

「え、着替えとか用意しないと」

「着替えなんていらないよ」

妙にゆっくりした口調でそう言われて、ドキッとする。

やだ。そのままベッドに直行する気なの？

「まあ、用意したければすればいいよ。僕は先に入っているからね」

彼は最後の一枚を脱いでいる。愛華は顔を赤くして、さっと脱衣所を出て、二人分の着替えを用意して戻った。

扉は閉まっていて、彼はもう身体を洗っているようだ。鼻歌なんて歌っているから、ずいぶん上機嫌だ。愛華は洗面台でメイクを落とすと、服を脱ぎ、髪をアップにして、少しドキドキしながら扉を開けた。

彼はもう身体を洗い終わっていて、浴槽に浸《つ》かっていた。愛華がおずおずとバスルームに入っていくと、彼は嬉しそうに微笑んだ。

「僕の奥さん」

その呼びかけが嬉しい。

「わたしの旦那様」

そう返してみたが、妙に照れてしまう。恥ずかしそうにすると、彼が笑う。

愛華はまずシャワーを浴びた。次に身体を洗おうとしたが、孝介が浴槽から出てきた。

「僕が洗ってあげよう」

ボディーソープを泡立てて、愛華の首から胸にかけて、その泡を延ばしていく。敏感な胸は彼に触れられただけで、すぐに反応してしまう。彼はからかうように乳首を撫でると、他の部分にも泡をつけていった。

彼の掌に撫でられているのと同じだ。泡の滑りがあるから、いつもより滑らかな動きで、愛華の身体は熱くなってきた。

ダメよ……。身体を洗っているだけなんだから。

そう思いつつも、彼の手の動きは洗っているだけのようには思えなかった。お腹や腰、お尻を洗われて、身体をついもぞもぞと動かしてしまう。

「脚を開いて」

「でも……」

「さあ」

彼に促されて、少し脚を開く。すると、彼は少し屈《かが》むと、足首からさっと上へと撫で上げていく。もちろんボディーソープの泡つきだ。

　太腿の内側を撫でられて、ビクンと身体を震わせたが、秘部に触れられたときは思わず声まで出してしまった。

「やっ……」

「よく洗わないと」

　彼は立ち上がって、笑いを含んだ声でそう言うと、秘部を指でそっと撫でた。

「あ……ん」

　さっきから感じていたのだから、甘い声が洩れてしまっても仕方ないと思うのだ。彼が触れている部分から、もちろん蜜が溢れ出てきてしまう。

「なんだかヌルヌルになっているよ」

「意地悪……」

「ああ。今の僕は少し意地悪な気分なんだ。君の困っている顔が可愛くて……」

　感じてないのなら、彼もこんな意地悪はしてこないのだろうが、彼に触られて感じないことがあるはずがないのだ。

　愛華は身体をくねらせた。彼の身体と触れ合ったが、泡のぬめりがあるため、なんだかおかしな気分になってくる。

「な、何か変なの……」

愛華は彼に抱きつき、泡を擦りつけるような動きをした。

「ちょっと待って。愛華……そんなことをされたら……」

「だって……気持ちよくて」

なんだか自分の衝動が止まらない。身体を泡で撫でられ、更に秘部を撫でられたせいだろうか。彼と自分の衝動を分かち合いたい気分なってくる。

「ひとまず湯に入ろう。せっかくだから」

彼は泡塗《まみ》れになっている愛華と自分の身体をシャワーで流した。そして、二人で向かい合って浴槽に入る。

愛華の身体はまだ火照っているが、湯に入ると、少し落ち着いてきたような気がした。その代わり、改めて彼の裸体が目に入り、二人で一緒に風呂に入っているということをしみじみと実感する。

「なんだか……温泉みたい」

彼はふと優しい眼差しになる。

「温泉に行きたいかい？」

「行ってみたいわ」

「いつか行こう。喪《も》が明けたら結婚式をして、新婚旅行にも行くんだ。どこに行きたい？」

愛華は考えた。が、何も思いつかない。まだ身体の火照りが引かないせいかもしれない。

「どこでも。あなたが行くところなら」

「愛華……」

彼は嬉しそうに笑うと、愛華の肩を抱き寄せて唇にキスをした。

口を開くと、彼の舌が入ってくる。そうやって、唇を交わし、舌を絡め合っていると、愛華はまた彼に抱きついた。

彼のほうもしっかりと抱き返してくる。

いつしか、二人の身体は浴槽の中で絡み合うような格好になっていた。唇を離すと、息がかかる距離で彼は呟いた。

「もう……ダメだ。念願叶って、せっかく一緒に風呂に入れたんだから、もっと楽しみたいのに」

彼は愛華と一緒に風呂に入りたいと願っていたらしい。確かに、これは新婚生活の醍醐味《だいごみ》かもしれない。

「お風呂は……いつだって入れるわ。毎日だって」

「そうだな。もうそろそろ……ベッドに移ろうか？」

愛華は大きく頷いた。

二人は風呂から上がり、手早くバスタオルで身体を拭いてしまう。髪を濡らさなくて正解だった。その場でアップにしていた髪を下ろすと、孝介はじっと愛華の髪を見つめたかと思うと、急に抱き上げた。

「裸のままよ！」

「僕だって同じだ」

彼はもう何も待てないらしい。愛華は裸のまま裸の孝介に抱き上げられて、寝室へと向かう。寝室にはもちろん二人の大きなダブルベッドがある。彼はそっとそこに愛華を下ろすと、すぐに唇を重ねてきた。

性急すぎるかもしれないが、それは愛華の気持ちも同じだった。身体を絡めていると、彼の身体からボディーソープの香りがした。自分の身体も同じ香りなのだが、彼がまとうと違う香りのような気がしてくる。

不思議……。

愛華は彼の背中をそっと撫でた。滑らかな手触りに、うっとりしてくる。肌はこんなに滑らかなのに、その下の筋肉は硬く引き締まっている。男らしい肉体だった。

彼はわたしを自分のものにしたいと言っていたけど、わたしも彼を自分のものにしたい。

そうよ。わたしのものだって、みんなに言いたいわ！

その独占欲が結婚するひとつの理由になり得ることを、今、気づいた。愛があるから執着が生まれるものなのだ。

だから、彼が愛華を自分のものにしたいと思った瞬間から、愛は存在していたに違いない。

けれども、その執着を超えたところにも愛はあると思う。

もっと大きくて広い愛だ。

こんなに外見も素敵で、社会的地位があり、裕福な孝介にも欠点はある。今はそれほどではないが、父には弱いということ。彼の中で、兄の代わりになって父に認められたいという思いが、完全に消えたとは思えない。それは彼が長年頭の中で自ら育ててきたものだからだ。

だが、そんな孝介を、愛華は受け入れている。そして、心から愛している。

たとえ彼がどんな人間に変わっていったとしても、愛は消えない。仕事を失い、破産して、落ちぶれたとしても、彼の身体から成功者のオーラが消えて、それが顔に表れたとしても、愛華は彼を愛し続けるだろう。

それは、彼もきっと同じなのね……。

愛し合っていると思っていたのは、結局、幻でもなんでもなかった。だから、今、感じていることも、彼に伝わっていると思うのだ。

　愛華は彼の背中だけではなく、肩や腕、脇腹にも掌を滑らせていく。

「……僕の身体に触りたい？」

　夢中で撫でて、手触りを楽しんでいたら、彼にそう尋ねられた。

「いいの？」

「もちろんだ。結婚して最初の夜だ。今までできなかったことをやってみたい」

　だから、彼は愛華がバスルームで身体を擦りつけたとき、慌てて離れたのだろう。あの場所で慌ただしく身体を重ねたところで、満足感は得られない。

　もっとゆっくりこの夜を楽しみたい気持ちは、愛華にもあった。

　彼も愛華の隣に横たわり、こちらを向いた。二人は互いに相手のほうを向いていることになる。

　彼は愛華の手を取り、自分の股間に導いた。

　ここに触りたいなんて言ってないのに！

　けれども、本当は触ってみたい気持ちはあった。手を導いてもらえなければ、なかなか自分からは触れなかったから、この場合はよかったのかもしれない。

　おずおずとそこを撫でてみた。とても硬く勃ち上がっている。愛華は思わずそっと握ってみた。

これがいつもわたしの奥まで入っているんだわ。

なんだか不思議な気持ちになってくる。同時に、とても愛しい気持ちが湧き起こってきて、形を確かめるように指でなぞった。

「わたしが触るとどんな感じになるの？」

「気持ちがいいよ。ぎこちない触り方をされると、いけないことをこっそりしている気分になってくる」

彼は少し笑って、そう言った。

「これは……いけないこと？」

愛華は先端部分を指で撫でてみた。

「いけないね。じゃあ、僕も君にいけないことをしてみようか」

彼は愛華の片方の脚を上げると、自分の脚の上に引っかけるようにして開かせた。

「やだ……」

「いけないことだからね。ほら……」

「あっ……んっ……」

開いた脚の間を触られて、ビクンと身体を揺らした。秘部をゆっくりと指でなぞられると、たちまち蜜が溢れてくる。

さっきバスルームで中途半端に終わったために、簡単に火がつくのだろう。

彼は秘裂の中に指先をそっと差し込んだ。もっと奥まで挿入されることを想像して身構えていたのに、彼はそうしてくれず、わざとのように入口部分で入れたり出したりしている。まるで、からかわれているようだった。

身体はこんなに熱くなっているのに……。

愛華はもどかしくてたまらなかった。抗議するみたいに身体を少し揺らしたものの、彼はそれをやめてくれない。

「もう……孝介さんったら……」

「なんだい？」

彼の声は笑っている。

「意地悪」

「何をしてほしい？」

彼はそれを愛華に言わせようとしているのだ。だから、意地悪なのだが、これも信頼し合っているからこそできることだ。

「……指を……奥まで入れて」

愛華がやっとのことで口にすると、彼は根元まで指を挿入した。そして、内壁を擦るように指を動かしていく。

甘い疼きが身体の内部に広がる。愛華はいつしか自分が彼に触れていたことも忘れて、ひとりでに腰を揺らしていた。

もっと大きな刺激が欲しい。

もっと感じたい。

そう。もっと……してほしいの。

愛華は熱い吐息を洩らした。次第に大きくなっていく快感を持て余していた。身体の芯に灯った火はやがて全体に広がり、全身が熱くなっている。

「お願い……お願い」

「どうしたいんだ？」

愛華は身体をくねらせた。

「抱いて。わたしの……奥まで貫いて」

口にするのは恥ずかしかったが、もう耐えられなかった。指だけではとても足りない。

孝介は頷くと、指を引き抜いた。そして、愛華にのしかかり、両脚を大きく開かせてから、本当に奥まで貫く。

「あぁ……ぁ……っ」

身体中に愉悦が広がる。

彼の硬くなったものが完全に奥まで当たっていた。愛華は思わず自分で腰を動かした。それ以上は奥に行かないことは判っていても、もっと感じたかった。

「おいで」

彼は愛華を自分に掴まらせると、上半身を起こさせた。すると愛華自身の身体の重みで、もっと彼と奥まで繋がったような気がする。

「動いてみて」

彼の言葉に誘われるように、愛華はごく自然に腰を上下させていく。

自分で動くなんて……考えもしなかった。

どんな方法であっても、愛華はとても感じている。しっかりと彼の首に腕を絡め、身体を揺らし続けた。

「ああ……愛華……っ」

彼が愛華の乳房を下から持ち上げている。自分で動いているから、乳首の敏感なところが彼の身体に擦れていって、どんどん快感が大きくなっていった。

もう頭の中までのぼせているみたい……。

身体の中はすでに沸騰しているように熱くなっていた。

孝介は愛華を再び横たえると、ギュッと抱き締めてきた。そして、そのままの体勢で動き始める。

愛華も彼にしっかりとしがみつき、全身を巡っていく熱いものを感じていた。

もう……ダメ。

「あぁぁっ……！」

とうとう耐えられず、愛華は強くしがみついたまま昇りつめた。

同時に、孝介も愛華をきつく抱き締め、腰を奥まで押しつけてくる。内部に熱いものが迸《ほとばし》るのを感じて、愛華はほっと息をついた。

抱き合うと、彼の体温と鼓動が伝わってくる。

身体を弛緩《しかん》させて、快感の余韻に浸るが、気持ちいいと感じるのはそれだけが理由ではなかった。

わたし達……本当に心から結びついたんだわ……。

きっと彼もそう思っているはず。

今や愛華は満ち足りていた。

翌朝、愛華は目を覚ました。

傍には孝介の温もりがある。互いに裸だから、触れ合っている部分がとても心地いい。

彼の寝顔をそっと見つめると、幸福感が込み上げてくる。

こんなに幸せでいいのかしら……と思うくらいだ。

ずっとこんな生活を夢見てきた。孝介と同じベッドで眠りにつき、夜を二人で過ごして、朝も彼の傍で目覚めるのだ。

しかも、わたし達、愛し合っているのよ。

愛華は彼の寝顔にうっとりと見蕩れて、一人で悦《えつ》に入っていた。

「キスで起こしてくれないのか？」

突然、彼に話しかけられて驚いた。

「起きていたの？」

「ああ。さっきまで君の寝顔に見蕩れていた。僕はさっきから待っているんだが」

愛華は笑い声を上げた。

起きていたのに、わざわざ目を閉じて寝たふりをして、キスを待っていたなんて。

意外と可愛いところもあるのね。

愛華は身を乗り出して、彼の唇にキスをした。

「起きて」

声をかけると、彼はやっと目を開けてくれた。そして、とても幸せそうに微笑む。

「これぞ正しい新婚生活の始まりという気がしないか？」

「そうね」

孝介は満足そうだ。

「それじゃ、わたしは朝食を……」

「朝食はベッドで摂るのはどうだろう？」

「えっ」

孝介は愛華を抱き締めて、キスを返してきた。

おはようのキスなんて可愛いものではなく、明らかに情欲を誘うキスだ。最初は困惑していた愛華だったが、気がつくと、彼のペースに乗せられていた。

身体が熱くてたまらない。

「孝介さん……」

「僕は君が食べたいな」

だから、朝食はベッドなのね！

思わず笑いそうになった。だが、彼がここまで自分に対して気を抜いてくれたことが嬉しかった。

彼はいつも自分の周りに壁を作って、なかなか本音を言わなかったから……。

目が合うと、愛華は視線が外せなくなる。

彼の眼差しはそれだけの威力がある。

いつも……いつも。そして、これからもずっと。

わたし達は愛し合っていくのよ。

「愛してるよ……どんなときでもずっとね」

彼はそう囁く。

「わたしも……愛してるわ」

これは一生続く愛だ。どんなものにも邪魔されない。負けたりしない強い愛だ。

二人の唇が重なる。

幸せはこれからだった。

あとがき

こんにちは、水島忍です。

今回の『ダーリンは愛を知らない堅物社長』、いかがでしたでしょうか。あ、このあとがき、ネタバレしまくりなので、それが嫌な人は本文を先に読んでくださいね。

さて、ヒロインとヒーロー、少しややこしい関係ですよね。愛華の父の再婚相手の連れ子であり、父の養子となったのが孝介です。

愛華の母は若い頃に既婚者と恋に落ち、妊娠を期に別れを切り出して、子供ができたことを言わずに田舎に帰ってしまいます。実はその既婚者はすでに離婚の交渉をしていて、少しして離婚、数年後に再婚します。そのときの連れ子が孝介です。

愛華も孝介もそんなことは何も知らず、顔も合わせることもなかったのですが、愛華の母が亡くなり、死を前にして父親が誰かということを知らせていたために、愛華は父親を訪ねることにしました。

ここでやっと愛華と孝介の歩む道が交わることになります。

身寄りがなくなった愛華は心の繋がりを求めていますが、孝介は家族に対する愛だけはあるので、最初、愛華を警戒します。初対面で好みだと思っても、その気持ちには蓋をして、厳しめに当たる孝介……。

そう。出会いは最悪ですよね～。

でも、孝介はなんとかして家族を守らなくてはならないと思っただけなんです。ところが、急転直下、愛華が養父の実の娘だと判ります。

ほっとしつつも、彼女を妹のようには思えなくて……。

そういう意味では、孝介は大変なのです。尊敬する養父の大事な娘に手を出すわけにはいかない。だけど、気になって気になって仕方ない。

それはねえ……すでに恋をしてるんですよ。

でも、孝介は気づかない。孝介は生い立ちに問題があり、そのために養父や亡くなった兄に行きすぎた感情を抱いています。そのため、家族に対する愛は深いし、仕事にかける情熱は人一倍あるのに、恋愛感情が足りないようなんです。

そのせいで、愛華に対して恋愛感情などないと思っています。

でも、自分のものにはしたい。

しかし、養父の娘に何もしてはならない。

ジレンマに陥って悶々としていた孝介に、養父はある計画を持ちかけます。

愛華と結婚してほしい……と。

養父は孝介を口説くのに、『本当の息子になれるよ』という悪魔の囁きをするんです。ということは、彼は孝介の気持ちを見抜いていたってことですよね。

うーん。女たらしで娘溺愛の親父だけど、さすが大会社の会長なだけあるかも。

でも、けっこうキチクですよね。孝介の気持ちが判っていながら、何かと亡くなった実の息子のことを口にしていたんだから。

愛華のほうは最初、孝介のことは嫌な奴だと思います。

そりゃそうだよね。嫌な奴だよ。金を払うからさっさと帰れと言われて、唖然とするしかないし。

でも、泣いたら慰めてくれて、実はいい人だと判って……。

ただ兄妹のようには思えないんですよね。目が合うと、何故か視線が外せなくなるくらい惹かれまくり。

とにかく兄妹として暮らし始めたのに、彼には距離を置かれ……今度はキスをされ、その後はもっと距離を置かれて……。

その次はいきなりデートに誘われる。もう翻弄されてますね。それでも、愛華は孝介のことを愛してしまうんです。

さんざん振り回されて、なんかとっても可哀想なんですけど～。

まさかその裏に父親の要請があったとは、想像もしていないわけです。ていうか、想像できませんよね、普通。

愛華はしっかり者だけど淋しがり屋でもあるので、孝介と結婚して、彼らの本当の家族になれるのは嬉しいんです。だけど、何より孝介と結婚して、自分の新しい家族ができることをもっと喜びます。

まずは愛する人との新婚生活を。そして、いつか子供が生まれることを夢見ます。

でも、それは、孝介に愛されていると思い込んでいたからなんです。孝介のほうは、実は彼女を愛しているけど、愛していないと思い込んでいて……。

ここでも、なかなかややこしいですね（笑）。

もちろん、悪事はばれるのですが～。

悪事というのは言い過ぎでしょうか。とにかく養父の要請で結婚が決まったことを知った愛華はショックを受けます。

ていうか、お父さん、いろいろかき回しすぎ！

今回の話は全部、このお父さんに起因しているので。本人には一切、悪気はないようなのですが、困った人です。

さて、今回のイラストは七里慧先生です。しっかりしているけど心には弱い部分がある乙女な愛華ちゃんがとっても可愛いですねー。そして、孝介のスーツ姿が格好いいのです。クールだけど優しい。

七里先生、素敵なラブラブイラストをどうもありがとうございました！

というわけで、愛華と孝介の恋愛は上手くいくのか。無事に結婚できるのか。……という話をドキドキしながら読んでくださったら嬉しいです！

では、このへんで。

水島　忍

ダーリンは愛を知らない堅物社長　キャラクターデザイン：七里 慧

■杵築孝介■

■吉崎愛華■

七里 慧 先生の
キャラクターデザイン

可愛い双子とママは
スパダリ社長に愛されて幸せです
Novel 水島 忍
Illustration すがはらりゅう
結婚したい。
君達と家族になりたい
大野栞里は都内のホテルでかつての恋人、高宮正毅と再会する。彼こそが栞里が密かに産み育てている双子の父親だった。気まずく別れたはずなのに、正毅は屈託なく話し誘惑してくる。今でも彼を好きな栞理は流されるまま抱かれてしまう。「こんなに感じやすくなっていたなんて」翌朝、我に返り、逃げるように部屋をあとにした栞里。けれど正毅は彼女を追ってきたばかりか、自分の子どもと知らないまま双子にも優しく接してきて!?
好評発売中！

スパダリCEOの秘書のはずが監禁溺愛されてます
Novel 見月ゆりこ
Illustration ゴゴちゃん
ダメだ。可愛すぎてもう限界。
『スパダリCEO』として有名な桐ヶ谷帝の秘書に大抜擢された河井今日子。実は彼のことが苦手な今日子は戦々恐々とするも、帝は彼女に気安く接してくる。ある日、彼の家に書類を届けに行った今日子は新種の伝染病に感染した疑いがあるとして、帝とふたりで家から出られなくなってしまう。不安を覚える今日子だが、帝はここぞとばかりに誘惑してくる。「いい反応。それにすごく綺麗だ」今日子も今だけだからと流されてしまい……!?
好評発売中！

イケメン御曹司とケイヤク結婚!?
新妻溺愛注意報♡
Novel 御厨 翠
Illustration 蔦森えん
もう離さない。
俺の妻はきみだけだ
櫻井侑希は大会社の御曹司の成宮逸樹から、彼の祖母を安心させるための契約結婚を申し込まれた。侑希は祖父の喫茶店への援助を条件にそれを引き受ける。彼の強引さに不安を感じるも、一緒に暮らすと思いがけなく優しく、逸樹も誠実な侑希に惹かれていく。「きみがあまりにも可愛いことを言うから、興奮した」互いに求め合い身体を繋げた夜。本当の妻になってくれと言われ幸せを感じる侑希だが、彼の元婚約者という令嬢が現れ!?
好評発売中！

ヒーロー専務と
熱愛スキャンダル
Novel 御堂志生
Illustration えまる・じょん
俺は惚れた女じゃないと、
ダメなんだ。
酒造会社に勤める秋月美水はある朝、幼馴染みで上司の瀧川綾人と共にマスコミに取り囲まれる。御曹司でありながら特撮ヒーローの俳優を演じる綾人の正体がばれたのだ。彼は皆の前で美水を婚約者と紹介。とまどいつつ話を合わせた美水と二人きりになった途端、口づけてくる。「今まで手を出さずにいてやったんだ。婚約した以上好きにさせろ」ずっと好きだった綾人との初体験に悦びを覚えた夜。だが彼には女優と熱愛の噂があり!?
好評発売中！

御曹司は新米ママに二度求婚する
幸せ家族のこしらえ方
Novel 麻生ミカリ
Illustration ゆえこ
ずっと、きみが恋しかった。
未奈美は、海難事故で行方不明となった御曹司、成瀬友哉の恋人だった。身籠っていると気づいた未奈美は、人知れず娘、望友を産み一人で育てていた。だが三年後、友哉と偶然再会する。未奈美を嫌う彼の母親が、息子の生還を隠していたのだ。望友を他の男との子供だと誤解する友哉だが、未奈美が独身だと知ると熱烈に口説いてくる。「きみも俺のことをほしいと思ってくれていた？」彼を愛しつつ真実を告げるのを躊躇する未奈美は!?
好評発売中！

ガブリエラ文庫プラス
gabriella plus

MGP-041

ダーリンは愛を知らない堅物社長

2019年3月15日　第1刷発行

著　者　水島 忍　©Shinobu Mizushima 2019

装　画　七里 慧

発行人　日向 晶

発　行　株式会社メディアソフト
〒110-0016　東京都台東区台東4-27-5
tel.03-5688-7559　fax.03-5688-3512
http://www.media-soft.biz/

発　売　株式会社三交社
〒110-0016　東京都台東区台東4-20-9　大仙柴田ビル2F
tel.03-5826-4424　fax.03-5826-4425
http://www.sanko-sha.com/

印刷所　中央精版印刷株式会社

水島忍先生・七里慧先生へのファンレターはこちらへ
〒110-0016　東京都台東区台東4-27-5 (株)メディアソフト
ガブリエラ文庫プラス編集部気付 水島忍先生・七里慧先生宛

ISBN　978-4-8155-2023-6　　Printed in JAPAN